Reiner A. Hampusch

MARGA

Ein 'Grüne Augen' Roman

Reiner A. Hampusch

Geboren 1949 in Leipzig, aufgewachsen in Berlin, inmitten schöngeistiger Literatur und Kunst, frei erzogen (von seinen Eltern) entdeckte er als Kind zuerst die Welt der Märchen, Sagen und fantastischen Geschichten. Die Schule musste überstanden werden, und auch die Lehre zum Tischler.

Nach einem Abendstudium der Malerei an der Kunsthochschule Weissensee in Berlin, entschloss er sich dann doch Werbekaufmann (Ökonom) zu werden. Nebenberuflich fotografierte, malte und schrieb R.H., doch literarisch blieben immer nur Fragmente liegen (1972 – 1975, Gedichte, Fragmente SiFi-Geschichten). Erst 2014 verfasste er seinen ersten Fantasieroman, "Nacht über Ralli", den er kurzfristig als e-book veröffentlichte. Da ihm aber diese Ausgabe nicht gefiel, nahm er sie wieder aus dem Angebot.

Dafür erschienen in kurzer Folge vier Liebesromane: "Grüne Augen", 4 Romane in einem Buch: Clarisse, Clarisse 2, Therese, Anne, "Marga", "Berlin, Venedig und anderswo" und "Rheinsberg und anderswo", alles kostenlose e-books. Es waren (Originalton), sozusagen "Fingerübungen". Mit der dreiteiligen Krimireihe "Mellerts Fälle", die zwischen 2018 und 2020 entstanden, "Der Tote von Neuendorf", "Paradis perdu" und "Der weiße Wal" begab sich R.H. in das Metier des Krimischreibers; der Leser erlebt die Entwicklung der Ermittlungsarbeit der Kriminalpolizei in den Zwanziger, Dreißiger und End-Vierziger Jahren in Berlin und Preußen.

Mit diesem Buch beginnt R.A. Hampusch die "Grüne Augen"-Serie auch als Druckbuch zu veröffentlichen, als da wären (Arbeitstitel):
Nr. 1 – Clarisse in Paris •.Nr. 2 – Clarisse, Schicksal • Nr. 3 –Therese • Nr. 4 – Ann - Irisches Glück

Bisher über BoD erschienen:
Liebesromane
MARGA, Ein *'Grüne Augen'* Roman' (auch als e-book)

Kriminalromane
MELLERTS FÄLLE, Der Tote von Neuendorf • MELLERTS FÄLLE, Paradis perdu • MELLERTS FÄLLE, Der weiße Wal

Fantasie
DIE NEUE KAISERIN, Drakenland 4 • DRAKENLAND, Die neue Kaiserin, Teil 1 DER FEIND • DRAKENLAND, Die neue Kaiserin, Teil 2, KRIEG • DRAKENLAND, Die neue Kaiserin ,Teil 3, TABUBRUCH

In Vorbereitung (Druckexemplare):
DER PREIS DER MACHT, Drakenland 5 • NACHT ÜBER RALLI, Drakenland 1 PAUL MELLERTS FÄLLE, Die Gentlemen Bande

Andere Verlage: bookrix e-books
Die "Grüne Augen"-Reihe
GRÜNE AUGEN, Auf der Suche nach Liebe und Erfüllung • MARGA, Ein *'Grüne Augen'* Roman' • BERLIN, VENEDIG UND ANDERSWO, Auf den Spuren von Marco Polo und Kurt Tucholski •RHEINSBERG UND ANDERSWO, Eine Hommage

Bibliografische Information der Deutschen Nationalbibliothek:
Die Deutsche Nationalbibliothek verzeichnet diese Publikation in der
Deutschen Nationalbibliografie; detaillierte bibliografische Daten sind
im Internet über http://dnb.dnb.de abrufbar.
Titelbild: © 2022-Reiner A. Hampusch
Typografie: Times New Roman

Herstellung und Verlag: BoD – Books on Demand, Norderstedt
ISBN: 978-3-7557-2996-9

WIDMUNG

Meiner Frau und allen Frauen die emanzipiert durch das Leben gehen, ohne ihre Weiblichkeit aufzugeben.

EINE ENTSCHEIDUNG

Verführn sich in die Liebe
Wie in ein Labyrinth
Wir können uns nicht wehren
Wenn's einfach so beginnt
Aus "Bataillon d'amore",
Silly, Berlin

Das Wetter wird umschlagen; Aus den Ställen roch es stark nach den Tieren, obwohl sie seit Tagen auf der Weide waren. Der Geruch drang durch die offenen Fenster ihres Schlafzimmers. *Morgen wird es regnen.* Marga drehte sich zufrieden auf die andere Seite. *Ja, morgen wird es regnen. Endlich.* Den ganzen Tag war sie von Wiese zu Wiese gefahren, hatte die trockene Erde der Felder zwischen den Fingern zerkrümelt und im Stillen inbrünstig zu allen tausend Göttern Ägyptens gebetet. Es hatte geholfen. Ein müdes Schmunzeln zog über Margas Gesicht. Ein paar Tage Regen und die Heuernte war gesichert. Sie gähnte, bis es in den Kiefergelenken knackte. Zufrieden rollte sie sich auf den Rücken, faltete die Hände über den Bauch und seufzte erleichtert.

Ein sanftes Rauschen klang durch das offene Fenster. Da war er, der Regen! Der Hahn schwieg beleidig. Sicher hockte er mit seinen Mädels auf der Stange und hatte den Kopf unter den Flügeln. Marga streckte sich faul. Dabei war ihr klar, dass sie aufstehen *musste*. Jetzt! Entschlossen setzte sie sich auf, es schwindelte ihr leicht.

Im Bad sah sie lange in den Spiegel. Na, alte Frau? Wie geht's? Marga lächelte. Alte Frau! Ein bisschen Schminke – und warum dachte sie gerade jetzt an René?

René. Nett, dass er ihr aus dem Straßengraben geholfen hatte. Mit Hilfe des ACF zwar, doch immerhin! Und der Abend mit ihm war alles andere als langweilig gewesen. Schriftsteller. Ein geistvoller Erzähler. Witzig, intelligent und leider in eine andere verliebt, merde! In eine Claradingsbums. Musste er denn nach ihr rufen, auf ihrem schönsten Höhepunkt nach – was denn - Monaten? Beinahe hätte er alles verdorben. Mon dieu! Sie waren so herrlich angetrunken gewesen. Es hatte auch nicht lange gedauert, bis sie beide nackt und in allen Positionen der Liebe verschlungen waren - es war solch ein - ein Wohlgefühl mit diesem Mann. So weich, so hart, so – wunderbar. Schade, dass er weitergezogen war. Schade. Sie zitterte immer noch, bei dem Gedanken an diesen Abend.

Marga verzog das Gesicht. *Marga, Marga. Du hast Dich doch nicht etwa verliebt?* Abgelenkt putzte sie sich die Zähne. Schon seit fünf Minuten. Als es anfing zu bluten, stutzte Marga. Schuldbewusst spülte sie den Mund aus, und ging zu einer schnellen Katzenwäsche über. Heute war Stallarbeit angesagt. Die Läufer mussten ‚sortiert‘ werden. Die einen zum Schlächter, die anderen in die Mast. Lächelnd dachte sie an die Ferkelchen. Was hatte René gesagt? Die Ärmsten. Sieh nur, wie sie Dich ansehen. So voller Vertrauen. Und Du willst sie in die Schlächterei schicken? Grausame! Und er hat gelacht. Aber so war das Leben. Auch auf einem Öko-Hof.

Das Frühstück nahm sie nebenbei zu sich. Nur für den Kaffee nahm sie sich Zeit.

Vor ein paar Tagen hatte auf der anderen Seite des Tisches René gesessen, bei seinem zweiten Besuch, und sie über den Rand des Weinglases gemustert. "Was siehst Du", hatte sie gefragt. Und er? Hatte gegrinst. Solch ein schiefes Grinsen, das sie an Männern mochte, wenn es denn ehrlich war. Etwas frech zwar, aber aufrecht. Glaubte sie. Und René? "Sommersprossen. Millionen Sommersprossen!" Und hatte gelacht. Und sie hatte gelacht, und sich vorgestellt, wie es wäre, wenn er Sommerspossen an ihrem Körper zählte. Mit einem wonnigen Gefühl gedachte sie dieser zweiten Nacht, die er genau damit verbracht hatte - unter anderem.

"Hier ist noch eine", hatte er zwischen ihren Schenkeln gerufen. Es hatte gekitzelt und war schön und sie hatte es – verdammt noch mal – genossen. Und seinen Kopf eingeklemmt, dass er noch einen Moment dortbliebe. Und er blieb, bis *sie* nicht mehr konnte und ihm mit einem leisen Aufschrei Tür und Tor öffnete.

Marga stapfte in Gummistiefeln durch die Pfützen des Nachtregens. Es musste wie verrückt gegossen haben. Jetzt war er in einen dünnen Landregen übergegangen. Zum Glück war es warm und windstill. Der Niesel senkte sich herab. Es regnete nicht, es nässte gleichmäßig Kleidung, Boden und Natur von allen Seiten.

Jetzt roch es auch nicht mehr nach den Tieren und Mist. Die Luft duftete frisch und feucht. Als sie in die Nähe der Schweinegatter kam, hörte sie das zufriedene Grunzen der Sauen, die ihre Ferkel beruhigen wollten. *Ja*, dachte Marga, *es ist genug für euch da, ihr verfressene Bande.* Sie hatte die Arme auf die nassen Holzbalken gelegt und sah versonnen auf die aufgeregt säugenden Ferkelchen.

"Madame?"

"Ah, Jaques. Wo sind die anderen?"

"Sie warten im Stall. Es ist alles vorbereitet."

"Merci, Sie sind eine Perle, Jaques."

Es wurde dunkel. Der Stuhl knarrte beleidigt, als sich Marga erschöpft zurücksinken ließ. *Schluss für heute!* Sie war wieder den ganzen

Vormittag über den Hof gerannt. Erst die Schweine, dann die Rinder. Dann fünf Kilometer nach Norden auf die Weide. Neugierig kamen Mütter und Kälber an den Zaun gelaufen, als sie den Jeep von Marga sahen. Sie besuchte ihr Braunvieh, gutmütige Rinder mit breit ausladenden Hörnern, die den ganzen Sommer auf der Weide verbrachten. Manchmal gab es Ärger, wenn es um den Rang der Leitkuh ging. Aber ansonsten lebten sie ihr Leben, ließen sich, wenn es soweit war vom Stier begatten, und brachten wunderschöne Kälber zur Welt. Es fehlte kein Tier. Drei Kälber waren dazugekommen, gesunde Babys, die nicht von der Seite der Mutterkuh wichen.

Nach dem Mittag fuhren sie, Jaques, der Tierarzt und Marga, durch ein kleines Wäldchen, zur Herde der Hochländer. Sie liebte diese Rasse besonders. Diese Rinder blieben wie die Braunen das ganze Jahr draußen, aber sie waren anders. Wild und sanft. Sie liebte, wie sie rochen und ihre Gutmütigkeit. Und Marga liebte das Fleisch dieser Tiere. Es schmeckte nach Natur, frischer normannischer Luft und ungebändigten Kräften. Besser als jedes andere Rindfleisch.

Sie sollte mal ein paar Tage freimachen, dachte sie versonnen. Jaques kann die Wirtschaft genauso gut führen wie sie. Marga griff zum Telefonhörer. "Jaques?"

"Madame?"

"Was machen Sie gerade?"

"Wir wollten eben noch ein paar Bier trinken und dann ins Bett."

"Oh, entschuldigen Sie."

"Ist was, Marga?"

"Nein, nein. Das hat Zeit bis morgen. Zum Frühstück?"

Jaques, der Bär. Sie sah ihn vor sich: zwei Meter groß, mit Schultern, breit wie ein Trecker. Händen, Schaufeln gleich, die zupacken konnten und gleichzeitig zärtlich waren, wenn er mit den Fohlen, Kälbern und Ferkeln umging. Sein muskulöser Bauch diente nicht nur dazu, gewaltige Mengen an Essen aufzufangen; Er konnte damit den stärksten Stier der Herde vor sich herschieben. Doch Jaques brauchte keine Gewalt, keine laute

Stimme, um sich bei den Hornviechern Respekt zu verschaffen. Es genügte, wenn er auf der Weide auftauchte.

Ja, sie hatte sich entschieden: Ich fahre weg! Irgendwohin. Nach Süden. In die Wärme, Sonne und Ruhe.

FREI!

Marga war bereit. Nach mehr als fünf Jahren ohne jemals einen Tag frei genommen zu haben, war sie soweit. Damals hatte sie den Hof übernommen. Übernehmen müssen! Als der verhängnisvolle Anruf kam, war sie gerade dabei Thesen für ihre Doktorarbeit aufzustellen. Sie sollte die Grundlage für eine Forschungsgruppe bilden, die sich mit der Untersuchung der Wirtschaftlichkeit von Öko-Höfen beschäftigen sollte. Ab wann, ab welcher Größe und auf welchen Gebieten würde ein Öko-Hof wirtschaftlich arbeiten, das heißt, einfach überleben. Der Anruf kam aus dem Krankenhaus. Und von dort aus war sie sofort hierhergefahren, noch den Blick ihres Vaters vor Augen und den schwachen Druck seiner Hand auf der ihren. Und der Bitte, mach weiter, wo ich angefangen habe. Damit war ihre Karriere als Wissenschaftlerin ein für alle Mal dahin. Und als Öko-Bäuerin, das hatte SIE sich vorgenommen, würde sie neu anfangen müssen.

Jaques erwartete sie hinter dem gedeckten Frühstückstisch. Kaffee duftete verführerisch, Butter, Croissants und Schoko-Haselnusspaste standen bereit. Sie setzten sich.

"Danke", sagte Marga und machte mit dem Messer eine Geste über den Tisch.

"Kein Ding." Jaques verschlang gerade den zweiten Croissant. Er sah sie gespannt an.

"Ja", sagte Marga gedehnt. "Das ist so." Sie nahm einen Schluck aus der Kaffeetasse. "Ich brauche mal Urlaub."

Jaques nickte. "Ich habe mich schon gewundert, wie lange Sie das noch aushalten können."

Marga zuckte mit den Schultern. "Vater hatte auch nie Urlaub. Immer nur den Hof. Erst das Vieh, dann der Mensch."

"Das ist richtig so."

"Sie werden solange den Hof führen."

Jaques Augenbrauen flogen nach oben. Er bekam einen roten Kopf. "Das kann ich nicht."

"Doch. Du kannst das." Marga war unwillkürlich, nach fünf Jahren(!) zum ‚Du‘ übergegangen.

"Aber, wenn ich was nicht weiß. Ich meine …"

"Es gibt Handy, Internet, Mails, Es-em-essen und sowas."

"Hm."

"Also abgemacht. Ich verschwinde gleich nach dem Frühstück. Was zu tun ist, hatten wir bereits gestern besprochen. Ja?"

"Hm."

"Nur für eine Woche, oder zwei."

"Hm."

"Oder drei. Ich weiß noch nicht."

Marga liebte ihre Heimat, die Normandie. Die sanften Hügel. Die vielfarbigen Rechtecke der Felder und Wiesen. Den klaren, kühlen Himmel des Nordens. Hier und da ein Wäldchen, ein Gehöft, dann Städtchen wie aus dem Märchenbuch. Der Land-Rover brummte eine gleichförmige Melodie. Marga hatte einen Kompass aufs Armaturenbrett gelegt. Wichtig war nur, dass der Zeiger immer auf Süden wies. Mehr brauchte sie nicht.

Mittags war sie bereits an Rennes vorbei. Irgendwo dahinter fand sie ein kleines Restaurant, in dem sie zu Mittag aß. Die Männer, sicher Bauern aus der Umgebung, sahen sie lange an. Sie hatte Reitstiefel an den Füßen, in denen graue Hosen steckten und den Blaser über ihrem geliebten karierten Männerhemd. Sie grüßte zum anderen Tisch hinüber, die Bauern grüßten zurück, und beschäftigten sich wieder mit ihren Dingen.

Nach Süden! Die Landschaft war immer noch sanft und ohne besondere Merkmale. Sonnenblumenfelder wechselten sich mit Wein ab. Dann Mais, Koppeln, auf denen Rinder und Pferde weideten und Getreide. Buschwerk an den Straßenrändern. Marga umfuhr die Autobahnen, immer der Nase nach, weiter nach Süden, bis sie nicht mehr konnte.

Vor Portier lag ein Hotel direkt an der Departement-Straße. Sie checkte ein, stieg die

Treppe zu ihrem Zimmer nach oben und fiel schnaufend rückwärts aufs Bett.

Sie erwachte, weil sie Hunger hatte. Die Sonne stand noch hoch, jetzt im Sommer. Im Vorbeigehen duschte sie noch schnell, trocknete ihre Haare mit dem Föhn. Sie suchte lange im Koffer nach einem passenden Kleid, denn mit Hosen, Blaser und Stiefeln zum Abendessen zu gehen, dazu war es einfach zu warm.

Sie fand das Kleid. Jenes, das sie an jenem Abend angezogen hatte, als René bei ihr gewesen war. Er hatte sie angesehen, wie ein Mondkalb. Als ob er noch nie eine Frau im Kleid gesehen hätte. Damals, wie jetzt, gab es ihr einen kleinen Stich ins Herz. René!

Auf dem Weg ins Restaurant dachte sie über ihre Beziehung zu René nach. Ein One-Night-Stand. Aber sie hatte es so gewollt.

Sie hatte René verführt, im wahrsten Wortsinne. Sie wollte ihn verführen und mit ihm schlafen. Warum, wusste sie bis heute noch nicht. Sie wusste nur, dass sie es gewollt hatte!

Als sie von ihm herunter gerollt war und schwitzend auf dem Rücken lag, fragte sie: "Was nun?" Sie erwartete keine Antwort. René würde morgen weiterfahren und fertig. Er brummte etwas Unbestimmtes. Ihr war klar, dass es hier nicht um die große Liebe ging. Sie war kein Mädchen mehr, das in Schwärmerei verfiel, weil es mit einem Mann geschlafen hatte. Sie wollte nur irgendwie Klarheit. Ob es nur darum gegangen war, nach Monaten wieder einen Mann gehabt zu haben?

"Es war schön, Marga." Sie konnte es nicht sehen, aber spürte sein Lächeln.

"Ja", sagte sie, und nach einigen Minuten: "Nochmal?"

Beim zweiten Mal erlebte sie eine wahre Explosion der Gefühle. Sie biss sich auf die Lippen, um nicht zu schreien vor Wonne und Glück. Dann lag sie lange schwitzend und zitternd auf René. Es sollte nicht enden! Und wusste doch: das war es! Mehr gibt es nicht!

"Ist Dir kalt?", fragte er. Marga schüttelte den Kopf und presste sich nur noch fester an ihn.

Im Bad dann, stand sie neben ihm vor dem großen Spiegel. "Ein schönes Paar", flüsterte sie. Mehr für sich, doch er hatte es gehört. Sie war einen Kopf kleiner und sah zu ihm auf, während sie über seinen Bauch strich. Die Muskeln darunter spannten sich. Und René sah auf ihr Spiegelbild. "Sommersprossen", flüsterte er. Dann standen sie noch lange unter der Dusche.

Das Bad war das erste, das sie nach dem Tode ihres Vaters verändert hatte. Schon als kleines Mädchen hasste sie diese graugrüne Kammer, mit dem Loch im Boden und der eisernen Wanne, dem Badeofen und nicht zuletzt dem Geruch nach Urin, Schweiß und Schimmel. Sie schuf sich ihr Reich; Hell, duftend, großzügig, weit.

Der Vater hatte Marga reichlich Geld auf dem Konto hinterlassen. Und so war sie in der Lage sich Wünsche zu erfüllen, die seinerzeit nicht möglich gewesen wären: Den Hof umbauen zu einem Öko-Gut. Und da noch genügend Geld übrig war, auch das Wohnhaus – alles nach dem Bad! Über einen ehemaligen Studienfreund schaffte sie Verbindungen zum Landwirtschaftsministerium und zur

Universität. Sie promovierte doch noch, erhielt einen Studienauftrag und arbeitete ab und an als Gastdozentin. Das Gut warf, trotz Jaques Zweifeln, so viel ab, dass sie es erhalten konnte. Nein, wirtschaftliche Sorgen hatte Marga nicht! Nur keine Zeit mehr für sich. Und welche Frau braucht nicht ab und zu Zeit für sich? Seit Jahren keine Zeit für die Liebe oder wenigstens eine Freundschaft. Liebe? War Liebe das, was sie als Teenager geglaubt hatte, dass es das wäre?

Seit René sah sie es anders. Nach Renés Abreise, sie war noch lange am Tor gestanden und hatte seinem Wagen hinterhergesehen bis er verschwunden war, waren die Tage wie im Fluge vergangen. Alles war leichter gewesen, freundlicher, heller. Jaques sprach sie eines Morgens an: "Sie sind fröhlicher als sonst." Und sie reagierte zuerst ungehalten. "Was soll das?", hatte sie gefragt. Doch er sah sie an: "Ich meine das ernst. Es ist schön zu sehen, wie Sie seitdem aufgelebt sind. Ehrlich." Und das war der Tag, an dem sie René, den Flüchtigen, mit Jaques, dem Sesshaften verglich.

Unten, im Restaurant gab sie ihre Bestellung ab. *Meine Güte, habe ich einen Hunger!* "Ein Ragout und ein Viertel Rosé." Die Serviererin schwebte davon. So ein dünnes Mädchen, das glaubte, mit Hungern eine Karriere als Model in Paris zu machen. Aber so sind die Mädels eben. Was waren eigentlich ihre Träume gewesen, damals? Marga erinnerte sich nicht mehr daran. Sie kannte nur den Hof und ihren Vater und das Viehzeug und die Felder und Wiesen. Vielleicht glaubte sie damals auch an Karriere. Aber nicht als Model. Sie wollte immer Wissenschaftlerin werden. Mit weißem Kittel im Labor herumgehen und den Laboranten Befehle erteilen. So etwas in dieser Richtung.

Marga aß mit kleinen Bissen. Das Ragout vom Rind schmeckte köstlich. Der Koch hatte dazu ein Lauchgemüse gezaubert, dass genau auf den Grundgeschmack des Ragouts passte.

Ihre Mutter starb ein Jahr vor dem Tod ihres Vaters. Die Bindung zwischen Vater und Tochter war stark. Margas Vater war eher beides zugleich, für eine gewisse Zeit Mutter und Vater. Bis auf die notwendige Zeit in der Schule und dann später während des Studiums, verbrachte sie die gesamte Zeit mit Vater. Sie stand früh auf, machte die Ställe und ging zur Schule. Und danach: Hofarbeiten, Tiere versorgen. Mutter sah sie oft an, schüttelte den Kopf und seufzte: "Vaterkind." Doch sie war deswegen nicht böse.

Auch wenn Vater ein einfacher Mann, ein Bauer gewesen war, so erzog er sie, wie wenn sie beide Eltern gehabt hätte. Und das Landleben machte ihm manches einfacher, als es bei den Stadtjugendlichen in Sachen Aufklärung der Fall war. Marga hielt das allerdings für ein Gerücht.

Der Tod des Vaters nahm sie mehr mit als der vorhergehende der Mutter. Sie brauchte eine Weile um beide "unter die Erde zu bringen". Und dann stand sie – erwachsen jetzt – doch ganz allein vor dem Tor, das auf den Hof führte, den sie jetzt übernehmen musste. Neben ihr Jaques, jung, kräftig, witzig und einer der wenigen Freunde. "Und nu?", fragte er, während er von oben auf sie heruntersah. Sie hatte geseufzt, tief und lange.

"Wir machen weiter. Wir machen mehr. Ich habe eine Idee." Damit tat sie den entscheidenden Schritt. Dann saßen sie tage- und nächtelang und machten Pläne. Dann bauten sie den Hof zu einem Öko-Gut um. Und hatten eine tolle Zeit.

Marga sah durch das Glas ihres Rosés auf den Tisch. Die Blumen, Teller, das Gebinde, alles rosa.

Jaques! Mit einem Male erkannte sie, dass sie und Jaques mehr verband als nur die Arbeit. Es war die gemeinsame Idee und sie zu verwirklichen. Dabei hatte sie ihn vorher nicht einmal so richtig wahrgenommen. Als Mitarbeiter schon. Sie hatte Aufgaben verteilt, Vorschläge entgegengenommen und umgesetzt. Sie wusste nicht einmal, wie lange Jaques am Tage arbeitete. Er war immerzu da, wenn sie ihn brauchte. Immer!

Vor ihren Augen tauchte Jaques auf: Gummistiefel, Jeans und freier Oberkörper. Braungebrannt, Muskeln an Schultern und

Oberarmen, mit denen er einen Stier zu Boden werfen konnte. Sixpack. Jaques hatte mal eine Ferse auf der Schulter von der Weide in den Stall getragen. Sie war die Unterlegene in einem Kampf um den Rang der Leitkuh gewesen und ein Horn der Gegnerin hatte der Ärmsten die Seite aufgeschlitzt. Zum Glück hatte Jaques die Sache beobachtet. Die Kuhjungfrau konnte gerettet werden. Und seit einiger Zeit ist gerade diese Dame die Leitkuh einer Herde.

René. Nach dem zweiten Mal, immer noch schweißnass, rollte sie endlich von ihm herunter und kuschelte sich dicht an ihn heran. Ganz fest schmiegte sie sich in die Beuge, die er extra für sie gemacht hatte. "Findest Du es schön hier?", hatte sie leise und ein bisschen hoffnungsvoll gefragt.

"Transvectio. Ja, für die Vorbeifahrenden." Und zum Frühstück dann: "Ich bin kein Bauer, was nicht impliziert, dass ich diesen Beruf geringachte. Aber ich bin Schriftsteller und wollte, seit meiner Kindheit schon immer

Schriftsteller werden. Nichts Anderes. Was willst Du mit einem, der weiterzieht?"

Marga war enttäuscht. Und auch einverstanden, mit dem, was er gesagt hatte. Es war ehrlich! Er würde immer nur neben ihr stehen und nicht teilen können, was sie teilen wollte. Er war kein Bauer. Er würde unglücklich werden, und sie. Wie ginge es ihr denn, in seiner Lage? Dennoch hielt sich ihre Hochstimmung seitdem. Sie erinnerte sich an einen der vielen Studentenwitze über die Bibliothekarin, einer strengen, ältlichen, recht vertrockneten Person. Jemand hatte einen Zettel an die Tür geklebt: Rep. Penis. Dosis temp. non Interruptio.

Sie hatte ein Rezept eingelöst.

Ja?

Wirklich?

"Haben Sie noch einen Wunsch?" Marga schrak aus ihren Gedanken. "Nein, zahlen bitte."

Oben, unter der Dusche – sie glaubte, sämtlichen Staub aller Straßen auf ihre Haut aufgeladen zu haben – dachte sie wieder an

Jaques. Der Strahl der Dusche peitschte ihren Rücken. Es stach und kribbelte. Sie wusste nicht wie sich Jaques Hände anfühlten. Sie kannte sie nur von Ansehen. Kräftig, quadratisch, gut. Wenn er sie jetzt berühren würde … Was wäre dann?! Marga versuchte sich vorzustellen, wie es sich anfühlen würde, wenn sie sich gegen ihn lehnte. Schnell stellte sie das Wasser ab und rieb sich trocken.

Faul wickelte sie sich das Badetuch um den Körper und ließ sich ebenso faul auf dem Bett nieder. Mit der rechten Hand tastete sie nach der Fernbedienung des Fernsehers. Nachrichten, im Anschluss ein Krimi. Sie sah noch die Nachrichten und die ersten Minuten des Krimis, dann war sie eingeschlafen.

René hatte sie von hinten umfasst. Zart streichelte er ihren Bauch und sacht ihre Brust. Marga drückte sich an ihn und es war ihr nicht einmal unangenehm, seine Erregung zu spüren. Ein warmes Leuchten ging durch ihren Körper und konzentrierte sich in ihrem Unterleib, wo es kribbelte und zuckte. Sie schlug die Augen auf. Jaques. Er sah ihr in die Augen.

"Sommersprossen", flüsterte er und nahm ihren Kopf in beide Hände. Sie fühlte seine Lippen, doch sie hatten keinen Geschmack. Und auch Renés Atem war nicht in ihrem Nacken. Doch lag sie zwischen den beiden Männern und fühlte sich klein und hilflos und weich. Und dann …

… wachte sie auf, weil sie fror. Sie schüttelte den Traum aus dem Kopf. Aber er blieb, wie ein klebriges Lindenblatt am Schuh hängen: René, Jaques, René.

Marga setzte sich auf und sah auf die Uhr. Der Fernseher lief immer noch. Es war zehn Uhr abends und Marga putzmunter. Eigentlich könnte sie jetzt weiterfahren, doch sie wusste, dass sie in zwei Stunden wieder viel zu müde war, um weiterzufahren. Durst hatte sie außerdem. Also zog sie sich wieder an und ging hinunter ins Restaurant.

Die dürre Serviererin hatte sich vor ihr aufgebaut und schwieg erwartungsvoll. "Ein Wasser und ein Glas Roten." Sie brauchte nun einen stärkeren Tobak. Dass sie keinen

Gedanken an das Gut verschwendete tat ihr gut. Sie wollte entspannen und insofern tat sie das auch. Kein Öko-Gut, keine Kühe, Schweine, Enten, Gänse, Heu, Stroh, Futter, Steuern, Vorschriften, Abgaben und Beiträge. Keine Pferde. Heute nicht. Heute beschäftigte sich Marga mit zwei Männern. *Ein wesentlich wichtigeres Thema*, dachte Marga launig, und schmunzelte still in sich hinein.

Sie war allein im Raum. Die ServIererin hatte es endlich geschafft, das Gewünschte zum Tisch zu bringen. Umständlich ordnete sie die Gläser, die Karaffe und die Flasche.

"Danke."

Sollte sie Jaques einen Heiratsantrag machen? Hatte er denn jemals ein Zeichen gegeben, dass er sich für sie interessierte? Offiziell galt er als Knecht. In Wahrheit war er ihr Vertrauter, mehr als nur eine rechte Hand.

Es gibt einen Moment, von dem ab sich Gedanken im Kreise bewegen. Marga spürte, dass es soweit war. Sie würde im Kreis gehen. Sie trank aus und ging wieder nach oben, 'ne Mütze Schlaf nehmen'.

Marga brach früh auf, kaum, dass die Sonne aufgegangen war. Noch kam die Sonne von links. Die Straße führte jetzt in das Zentralmassiv. Berge hoch, hinunter, Serpentinen, Wälder, Orte, Felder. Immer nach Süden. Nahrung nahm sie bei einer Fast-Food-Kette auf, steckte den Pappbecher mit Kaffee in die Halterung der Mittelkonsole und fuhr weiter. Das Radio dudelte alte Rock 'n Roll Schlager, wenn der Moderator einmal die Klappe hielt, sang Marga laut und falsch mit. Ihr Handy schwieg sie an. Kein Wunder, war es doch ausgeschaltet. *Süden*, dachte Marga. *Noch einmal übernachten, dann Cote Azur, Sonne, Strand, Sand. Ohne Liebe. Auch gut. Dann eben nicht!*

Das Hotel lag direkt in einem winzigen Nest, parallel zur Route National. "Hotel Du Provence", stand auf einem Schild. Es roch nach Kuhstall als Marga ausstieg. Sie ging durch die Tür. Dunkel. Jemand fragte nach ihrem Begehr. Marga blinzelte, antwortete der Stimme: "Ein Zimmer für eine Nacht?" Langsam konnte sie wieder sehen. Ein mittelalter Mann saß an der Rezeption.

Umständlich kramte er in einer Kladde, dabei sah Marga, dass kaum ein Zimmer belegt war. "Zum Hof raus?", fragte der Mann.

"Gerne."

Ein Schlüssel mit einem monströsen Zimmerschild landete auf dem Tresen. "Frühstück ab acht."

"Gerne."

"Na dann, Willkommen", sagte der Mann und lächelte. Zwei Zähne fehlten ihm oben.

"Wo kann ich heute noch essen?"

"Hinten, im Garten. Aber sie müssen sich beeilen. Ist gleich Schluss. Ne halbe Stunde noch."

Marga beeilte sich. Sie spülte sich das Gesicht ab, schüttete ein paar Tropfen Parfüm auf Hals und Brust und stiefelte nach unten, in den Hof.

Kies, Kastanien, Gartenmöbel. Einheimische saßen hier und offenbar auch einige aus der nahen Stadt.

Marga ging zu einer Art Essenausgabe, über der ein Schild ‚Selbstbedienung' hing. Die Öffnung gestattete einen Blick in die saubere Küche.

"Guten Tag, Mademoiselle. Was darf es ein?"

"Das?"

"Schweinragout mit Gemüse. Und?"

"Nudeln?"

"Gerne." Marga bekam einen großen, tiefen Teller mit einem Berg Nudeln und Ragout und ein Besteck in die Hand gedrückt. "Wein?", fragte die Köchin.

"Ja, bitte."

"Bringe ich."

Marga suchte einen freien Tisch. Sie pustete Kastanienblätter von der Tischplatte, setzte sich und aß mit großem Appetit. Es schmeckte kräftig, scharf, ländlich und verdammt gut. Eine Karaffe Wein landete neben ihr und ein einfacher Glasbecher. "Zum Wohl", sagte die Küchenfrau, und: "Schmeckt es?"

Marga nickte heftig, denn sie hatte den Mund voll. Mit der linken machte sie ein entsprechendes Zeichen. Zufrieden zog die Köchin von dannen.

Die Beine weit von sich gestreckt lag Marga halb auf dem Stuhl und genoss die Stille des Sommerabends. Wie aus weiter Ferne klangen die Geräusche des Ortes herüber. Sie hörte

Kühe rufen. Über ihr, irgendwo im Astgewirr sang schüchtern ein Vogel, als sei er unsicher, ob er die Menschen vielleicht doch durch seinen Gesang stören würde. Ein Grashüpfer sirrte kurz vorbei und auf ihrem Tisch hatte sich eine Fliege niedergelassen, die hektisch die Tischplatte mit ihrem Rüssel abtupfte.

Ein junger Mann betrat den Hof. Unter seinen Schritten knirschte der Kies. Auf dem Rückweg von der Küche sah er sich um. Dann war es, als fasse er einen Entschluss und kam auf Margas Tisch zu. Er machte einen Diener. "Darf ich mich zu Ihnen setzen?"

"Bitte." Marga machte eine großzügige Geste, als gehöre alles hier ihr. Die Ähnlichkeit seines Gesichts mit dem Renés verblüffte sie. Und der Körperbau von Jaques, die gleichen breiten muskelbepackten Schultern, die kräftigen Arme und Hände. In ihrem Unterleib reagierte etwas, ihr Herz schlug einen Takt schneller. Sie musste tief einatmen, um sich zu beruhigen. Marga spürte, wie sich ihr Busen hob und senkte. *Mein Gott, du bist doch kein Teenager mehr,* schalt sie sich.

"Ich hoffe, ich störe Sie nicht in angenehmen Gedankengängen." Ihr Gegenüber lächelte sie offen an. "Verstehen Sie mich nicht falsch. Ich will Sie nicht belästigen. Aber sie erschienen mir als die angenehmste Alternative zu den anderen Gästen." Auch er hatte das verdammte schiefe Grinsen, wie René. *Ob er dessen Bruder ist? Quatsch!* Marga hüstelte. "Schon gut", brachte sie mit trockenem Mund hervor.

"Hatten Sie denn angenehme Gedanken, bevor ich kam?"

Marga hatte sich endlich gefangen. "Ja. Bis jetzt."

"Und nun?"

"Vielleicht …"

"Soll ich gehen?"

"Keinesfa… Äh, nein, brauchen Sie nicht. Bleiben Sie nur. Essen sie zu Ende. Ich denke inzwischen weiteres Angenehmes."

Ihr Gegenüber lächelte, senkte den Kopf und aß, jedoch behielt er sie nun im Blick. Und auch Marga ließ keinen Blick von ihm.

"Sie haben schöne Sommersprossen."

"Weiß ich", sagte Marga härter, als sie wollte. "Hat mein Freund auch immer gesagt."

"Hat?"

"Wie jetzt?"

"Hat gesagt. Nicht, sagt er?"

Marga senkte wie ein kleines Mädchen die Augen. Ihre Wangen wurden heiß. Was geht ihn das an? "Sagt er. Natürlich, *sagt* er!"

"Hm."

"Schmeckt's?"

"Oh ja! Ich komm gern hierher. Ist zwar immer ein Stück zu fahren. Aber das Essen ist, wenn auch einfach, so doch exquisit." Er schob den leeren Teller von sich. "Und Ihr Freund? Und kommen Sie von hier? Und wenn nein, wo wollen Sie hin?"

"Sind Sie immer so neugierig?"

"Na ja. Wenn – ach nichts."

"Los, sagen Sie es!"

"Sie gefallen mir. Sie und ihre Sommersprossen. Aber wenn Ihr Freund …"

"Mein Freund geht Sie nichts an."

"Hm. Richtig."

"Ich meine – sozusagen – mein Freund – er ist nicht da." Marga wurde schwindelig. Was redete sie da?

"Verreist?"

"Weit, weit weg." Aber schließlich war sie ja allein, ungebunden. *Ich bin doch keine Nonne!* "Er ist sozusagen ein Ex." Was auch stimmte. Er ist weg! Bei seiner Clarisse. Kommt nie wieder. Dieser René.

"Das ist gut."

"Nicht für mich."

"Sie haben ihn geliebt?"

Marga schwieg. Dazu konnte sie nichts sagen. Geliebt? Sie zuckte mit den Schultern. "Eher gemocht. Sehr gemocht." Bis zur tiefsten Vereinigung. Bis zum höchsten Orgasmus ihres Lebens. Was konnte danach noch kommen? Nur noch ein Mann, mehr nicht. Marga schürzte die Lippen. "Ja, doch, gemocht", sagte sie gedehnt.

"Gut, genug davon. Was tun Sie hier? Sie stammen nicht aus dieser Gegend. Ihrem Akzent nach zu folgern, normannisch. Würde ich sagen."

"Ich mache Urlaub. Fahre an die Cote Azur."

"Wissen Sie schon, wohin?" Er sprach ein Hochfranzösisch. Nicht auszumachen, aus welcher Gegend er stammte. "Übrigens, ich heiße Pierre. Pierre de Lacroix."

"Marga. Sagt mir Ihr Name irgendetwas?"

"Nein. Ist verbreitet, wie Petit oder Grande…"

"Wie gesagt, Cote. Ohne Ziel. Irgendwohin, wo Wasser ist, Sand, Sonne und Ruhe."

"Sie haben einen anstrengenden Beruf?"

"Kann man so sagen. Bäuerin."

"Nein!"

"Doch. Und nun?"

"Kompliment. Sie sehen nicht so aus."

"Wie sieht denn 'ne Bäuerin aus."

Er machte eine große Geste. Arme breit. "So, denke ich."

Marga lachte. Das Klischee kannte sie zu Genüge. Sie? Bäuerin? Nein, nicht mööglich!

"Und Potthässlich?"

Er nickte überzeugt. "Potthässlich!"

Jetzt lachten sie beide. Doch seine Augen hielten sie fest. Er nahm keinen Blick von ihr.

Sie hatten sich beruhigt.

"Darf ich Ihnen was zeigen?"

"Briefmarkensammlung?"

"Besser, viel besser!"

Sie überlegte. Irgendeine Erinnerung kam auf. An Jaques. Jaques kannte sie schon lange. Sie waren in die gleiche Schule gegangen, hatten widerstrebend die Gottesdienste besucht, sich am ‚Place del la Concorde' getroffen und geschwatzt. Dann, als junger Bursche begann er auf dem Hof ihres Vaters zu arbeiten. Drei Jahre älter war er als sie. Sie nahm ihn zur Kenntnis, er war da, arbeitete für ihren Vater, mehr nicht. Marga interessierte sich, wenn schon, für die Jungs in ihrer Klasse oder der darüber. Auf dem Gymnasium war sie mit den Dingen ihres künftigen Studiums beschäftigt. Ihre Freundinnen hielten sie für etwas exzentrisch. "He, guck doch mal, ist der nicht süß?" Irritiert sah Marga dann auf. "Süß? Was ist an dem süß?"

"Ach komm! Sei doch mal ein bisschen ..."

Oder: "Hast Du schon mal?"

"Was?"

"Na, Du weißt schon."

"Nee, was denn?"

Samanta flüsterte es ihr ins Ohr.

"Nee."

"Nonne!"

Und dann hatte sie doch einen, einen aus der letzten Klasse. Er war lieb zu ihr. Redete ihr nach dem Willen, fasste sie kaum an und seine Küsse – Oh Gott! Aber er war nett und sah gut aus. Und die Neugierde ihrer Schulfreundinnen war erst einmal gestillt, nachdem sie ihnen ein schönes Märchen erzählt hatte.

Während des Studiums, wenn sie zu Hause war, war Jaques auch da. Er war ja immer da. Wenn sie auf dem Hof kam, musste Jaques gerade eben Überstunden machen, oder eine Kuh kalbte, oder er hatte dringend noch etwas zu erledigen. Und sie merkte nichts! Erst jetzt gingen ihr die vielen Dinge durch den Kopf, die sie damals gar nicht zur Kenntnis genommen hatte oder nehmen wollte. Sie war viel zu sehr mit sich beschäftigt gewesen. Sieh an, dieser Jaques!

Und nun Pierre.
"Okay, zeigen Sie es mir."
Pierre bot Marga den Arm.
"Was ist es?"
"Sie sind doch Bäuerin? Lassen Sie sich überraschen."

Sie gingen eine Strecke vom Hotel bis sie in eine enge Gasse einbogen. Marga versteifte sich.

"Keine Angst, wir sind gleich da." Die Gasse war kurz und Marga sah am Ende bereits Felder und Weiden und etwa hundert Meter weiter Stallungen. Es roch nach Pferd.

"Dahin?", fragte Marga.

"Ja, genau." Nach einer Weile: "Kennst Du Dich mit Pferden aus?"

"Ein wenig. Wir haben fünf auf unserem Gut. Kaltblüter."

Sie gingen an leeren Koppeln vorbei. "Keine Tiere?" Marga sah zu Pierre hoch.

"Sie sind noch in den Ställen. Morgen geht es wieder hinaus."

"Und was ist nun an den Ställen besonderes?"

"Du wirst schon sehen."

Inzwischen waren sie an einem breiten Tor angekommen. "Pferdefarm P. Lacroix" stand darüber.

"Pferdefarm? Sagt man nicht Gestüt oder so?"

Ein Mann in Arbeitskleidung kam aus dem Stall. "Oh, Monsieur Lacroix! Guten Abend", rief er herüber. "Unser Stallmeister", erklärte

Pierre, "Ich glaube er schläft sogar hier." Er zog Marga zum Stall. "Komm, das musst Du sehen." Knarrend öffnete sich die Stalltür. Als sie eintraten, war das erste, was Marga sah, ein langer heller Gang, an dem sich rechts und links Boxen reihten. Und gleich aus dem ersten rechten sah ein Pferd neugierig auf die Eintretenden.

"Na, D'Artagnan? Wie geht's?" Pierre klopfte dem Tier auf den Hals.

"D'Artagnan? Ein seltsamer Name für ein Pferd."

"Es ist eine besondere Art, aus der Bretagne. Kennst Du den Film, ,Die drei Musketiere', den alten? Da ritt D'Artagnan solch ein Pferd und erntete Spott. In allen Boxen wirst Du Pferde sehen, deren Rasse am Aussterben ist. Das ist der Sinn dieser Farm: Wir züchten seltene Arten und machen auch Rückzüchtungen aus vermischten Arten. Deshalb nennen wir uns ,Pferdefarm' und nicht Gestüt." Und als hätte D'Artagnan ihn verstanden, nickte das Pferd heftig mit dem Kopf.

"Da stehen Athos, Portos und Aramis, sowie Lady Winter und hier links siehst Du Richelieu.

Sie stammen aus einer Zucht um Paris. Eigentlich waren diese Sorte Arbeitstiere, Pferde für den Krieg. Seit man nur noch Rennpferde züchtet, nimmt diese robuste Art immer mehr ab. Sieh nur: welche Schönheiten, Kunstwerke der Natur."

Marga war erstaunt. Mit welcher Leidenschaft und Liebe Pierre von den Pferden sprach. Und es waren wahrhaftig schöne Tiere, die sie aufmerksam musterten und neugierig an ihnen schnupperten. Marga liebelte die Pferde ab. "Wer bezahlt das alles? Allein die Haltung ist doch schon schweineteuer."

"Ich habe Sponsoren gesucht, WWF, Umweltverbände mit eingebunden, Tierschutz und jeden, der Geld geben wollte. Viele haben eingesehen, welche Kostbarkeiten uns verloren gingen, wenn diese Pferdearten ausstürben. Und hier, schau her. Das ist De Gaulle."

Marga musste lachen, denn das Pferd war nicht nur riesengroß, sondern es zeigte ihnen sein Hinterteil, als wenn es ihn nicht im Geringsten interessieren würde, wer da durch den Stall ging. Der Gaul wedelte mit dem Schweif, der fast bis auf den Boden reichte. Es hatte ein graues, leicht gelb gefärbtes Fell, das ein wenig struppig aussah. "De Gaulle." Marga hatte den Namen nur geflüstert, da spitzte das Pferd die Ohren und drehte sich langsam um. Und Marga war es, als blicke sie De Gaulle, der damalige Präsident Frankreichs an. Sie lachte. De Gaulle hatte ein langes Gesicht mit ebenso langgezogenen Nüstern. Er sah Marga an und kam langsam auf sie zu. Dann streckte er den langen Kopf über die Tür. Marga strich dem Pferd sacht über die Nase, doch De Gaulle legte seinen Kopf auf Margas Schulter. Er schnupperte an ihren Haaren. Dann hob er sein mächtiges Haupt und wieherte.

"Bist Du Pferdeflüsterin oder so was?" Pierre sah Marga mit großen Augen an. "Das hat er noch nie mit jemanden gemacht. Der Kerl ist ja verliebt in Dich!"

"Naja …!"

Pierre zeigte ihr noch mehr Pferde. Allesamt Exemplare seltener oder fast ausgestorbener Rassen. Und obwohl sie studiert hatte, davon hatte sie noch nichts gewusst. Als es dämmerte, standen sie auf der anderen Seite des Stalles im

Freien. Die Sonne versteckte sich hinter durchsichtigen Wolken, und färbte den Himmel romantisch rot.

"Was meinst Du. Willst Du noch bleiben? Ein paar Tage?"

"Ich, äh, wollte eigentlich …"

"Wir haben hier Ferienwohnungen. Sehr schöne. Willst Du sie sehen? Dann kannst Du Dich immer noch entscheiden." Er führte sie ein Stück bergan. Flache zweistöckige Häuschen standen am Hang. Die Balkone zeigten nach Süden. Sie ließen einen weiten Blick in die sanfte Hügellandschaft zu. Ja, es gefiel Marga. *Doch er sollte sich nicht einbilden, dass sie ihm zuliebe ... Nein!* "Ich überleg's mir."

"Fein." Sie waren stehen geblieben. Die letzten Sonnenstrahlen wärmten Margas Rücken. Dennoch bekam sie eine Gänsehaut, als sie sich so Face to Face gegenüberstanden. "Ich bringe Dich noch zum Hotel."

"Ich bin morgen zum Frühstück wieder hier." Pierre verzog den Mund zu einem schiefen Grinsen. "Und denk' an De Gaulle."

Wider Willen lachte Marga. Es passte ihr nicht in den Plan. Aber die Pferde interessierten sie doch und was Pierre da tat. Sie war unsicher. Also, erst einmal drüber schlafen!

Pierre nahm ihr Gesicht in beide Hände und drückte ihr einen Kuss auf die Stirn. Dann sah er ihr fest in die Augen: "De Gaulle", flüsterte er. Es klang wie eine Verschwörung. Wieder dieses schiefe Grinsen. Dann drehte er sich um und ging. Er winkte noch einmal, ohne sich umzusehen und verschwand in der Gasse zur Farm.

Marga drehte sich langsam um. Der Weg zur Hoteltür erschien ihr lang, doch waren es nur ein paar Schritte. Oben auf dem Zimmer zog sie sich aus, duschte, wusch sich den Pferdegeruch aus den Haaren und kroch schließlich mit noch leicht feuchter Haut ins Bett.

Erstaunlicher Weise war Marga sofort eingeschlafen, ohne auch nur noch einen Gedanken an irgendetwas zu verschwenden. Sie wachte mit dem angenehmen Gefühl auf, Zeit zu haben und ausgeruht zu sein. *Ja, so sollten alle Morgen beginnen!* Marga genoss die Wärme des Bettes, dieses angenehme Gefühl des Liegenbleibenkönnens. Sie befragte ihren Körper und der war der gleichen Meinung: Noch viel zu früh. Liegen bleiben!

Dafür konnte sie sich müßig Gedanken machen. Was sie tun würde; Weiterfahren oder bleiben?

Und entschied, zu bleiben. Zwei, drei Tage. Mehr nicht. Definitiv! Sie wollte in den Süden und das würde sie nicht nach der halben Strecke aufgeben. Aber ein paar Tage? Was soll's. Und da war ja noch die angenehme Bekanntschaft mit diesem Pierre. Wieder zog es leicht im Unterleib. Nein, nein, Marga! Keine Eskapaden! Nur nett plaudern und fachsimpeln.

Pierre hatte ganz schön gestaunt, als sie ihm auf dem Rückweg zum Hotel gestand Doktorin zu sein. "Von wegen Bäuerin!", hatte er moniert. Und auf normannisch gesagt: "Nen schtudierten Frawe das isse." Und hatte fröhlich gelacht.

Ach ja, der Pierre! Sehr sympathisch. Sehr, sehr sympathisch. Und ein angenehmer Erzähler: Kein Schwätzer. Er sprach von seinen Pferden, seinen Leuten, von der schweren

Arbeit. Nicht von sich. Dabei hätte sie gerne mehr erfahren, von ihm. Nicht, dass Marga neugierig wäre, nein! Sie doch nicht! Doch ein wenig mehr…

Entspannt sprang Marga aus dem Bett, machte Katzenwäsche, schlüpfte in ihr Kleid, schnell noch etwas Schminke und dann … Marga hatte Hunger! Einen richtigen Langschläferhunger. Es war schon neun. Sie hatte ihre Tasche gepackt und das Zimmer bezahlt. "Und das Essen? Es steht nicht auf der Rechnung?"

"Das hat Monsieur gezahlt."

Das Frühstück war ländlich einfach: Croissants, Baguette, Butter, Schinken, Spiegelei. Kaffee bis zum Abwinken. Pierre saß bereits an einem Tisch, eine Tasse vor sich. Marga setzte sich, stellte umständlich Teller und Tassen auf die nackte Tischplatte. Pierre schwieg und beobachtete sie.

"Was?"

"Guten Morgen." Pierre sah sie erwartungsvoll an. "Nun?"

"Bitte nicht gleich mit der Tür ins Haus." Sie biss in einen Croissant. "Jo", murmelte sie mit vollem Mund.

"Kann ich das als Zusage werten?" Marga nickte mit unschuldiger Mine.

"Prima. Frühstück, Essen, Abend, alles hier im Hotel. Ich kümmere…"

"Frühstück im Hotel?! Ich dachte -"

"Gut, dann oben, in der Wohnung."

"Gut."

SAINT ALBERT

Die Ferienwohnung erwies sich als geräumig und gemütlich. Sogar einen Kamin hatte man eingebaut. Das Bad sagte Marga zu. Dusche reichte ihr für die paar Tage.

"Wenn Du Dich eingerichtet hast, findest Du mich im Stall."

"Geht klar." Marga richtete sich für drei Tage ein, was hieß, dass sie ihre Tasche in den Kleiderschrank stellte, Wasch- und Duschzeug im Bad verteilte und sich erst einmal auf einen

Stuhl auf dem Balkon setzte. Sie atmete tief durch. Was hatte sie geritten zu bleiben? Die schöne Landschaft? Nun ja, was war denn hier Besonderes? Exotische Pferde? Sie schmunzelte bei dem Gedanken an De Gaulle, die drei Musketiere und die friesischen Kaltblüter, bei denen sie nicht einmal mit dem Kopf deren Schulterhöhe erreichte. Nein. Eigentlich auch nicht. Blieb nur noch eins, nein, Einer!

Es war ein schöner Tag geworden. Pierre hatte sie schnurstracks in sein Auto verfrachtet und war mit ihr in die Umgebung gefahren. Dabei hatte sie erfahren, dass er als Notar im nahegelegenen Städtchen Saint Albert arbeitete. Er verdiente gut, denn die ganze Umgebung musste zu ihm kommen, wenn es etwas zu beglaubigen gab. Doch sein Lieblingshobby waren Pferde, eine Passion, die er von seiner Mutter geerbt hatte. Die wiederum war ein entfernter Abkömmling eines Landaristokraten, dessen Vorfahren während der Revolution, wenn schon nicht auf der Guillotine endeten, sich doch in ganz Europa verteilt hatten. Pierre sagte ihr, dies sei ferne Vergangenheit und er Notar, der von seiner Arbeit schon existieren, jedoch als Pferdezüchte kaum überleben könne. Aber als Hobby und dazu noch gesponsert, mache ihm die Arbeit viel mehr Spaß als Noten aufzusetzen. Eine gesunde Ansicht, fand Marga. Ein Realist eben. Und die Gegend war auch schöner, als sie erst vermutet hatte. Nicht so glatt und kühl, wie die Normandie. Irgendwie gefälliger, weicher, sanfter. Sogar die Sommerluft war klarer. Was fehlte, war der Duft vom Nordmeer. Jetzt auf der Rückfahrt schwiegen sie. Pierre hatte die rechte Hand auf den Schalthebel der Automatik gelegt und steuerte lässig den Wagen die Serpentinen hinab zu dem kleinen Nest, in dem sie jetzt wohnte. Marga legte ihre linke auf seine Hand. "Es war schön", sagte sie weich. Kurz blickte Pierre zu ihr herüber. Er lächelte sie an.

"Gehen wir essen? Wieder ins Hotel?"

"Gerne. Aber diesmal bezahle ich." Und danach zu mir, dachte Marga.

Schon am Nachmittag hatte es sich angekündigt; Ein Gewitter. "Gemeinhin wird es danach kühler, hier oben." Bei Tisch sah Pierre auf sein Handy. "Wir schaffen es noch bis zur Ferienwohnung." Sie gingen schnell Einkaufen in dem winzigen Supermarché des Ortes. Marga erregte bei den älteren Damen im Dorf Aufsehen, in ihrem leichten Sommerkleid mit dem tiefen Ausschnitt, den hochhackigen Schuhen. Und auch die drei alten Herren, auf dem Weg zu einem Schoppen Wein ins Bistro, blieben stehen und sahen ihr lange hinterher. Einer pfiff sogar und Marga lachte hell und laut. Teenager lehnten lässig an der noch warmen Hauswand. Marga hörte ihr Tuscheln und spürte die schrägen Blicke in ihrem Rücken.

Als sie das Auto ausluden, nur ein paar Kleinigkeiten für drei Tage, brach der Sturm los. Selbst der kurze Weg bis zum Haus reichte aus, um sie bis auf die Haut zu durchnässen. Lachend drückten sie sich an die Tür. Mit flatternden Händen zielte Pierre auf das Türschloss und traf daneben.

"Gib schon her", forderte Marga. Bei ihr ging es schneller, doch es war eh zu spät. Triefend betraten sie den Flur und lachten aus vollem Halse, als sie sich in dem hohen Spiegel sahen. Sie tapsten barfuß in die Küche, stellten die Nahrungsmittel in den Kühlschrank, ließen den Rest auf dem Tisch stehen. "Schnell ins Bad und Sachen runter", rief Marga und zog Pierre an der Hand hinter sich her.

"Aber…"

"Keine Widerrede! Oder willst Du Dich erkälten?" Und ohne auch nur nachzudenken, begann sie Pierre das nasse Hemd vom Körper zu ziehen. Er sah von oben zu, öffnete den Mund um etwas zu sagen, doch Marga knurrte nur trocken: "Glaubst Du, ich hätte noch nie einen nackten Mann gesehen?" Und öffnete dabei seine Hose, zog sie herunter. "Bis auf die Haut durch", stellte Marga sachlich fest.

"Warte, den Rest kann ich allein." Er stieg aus seinen Sachen, stutzte. "Und Du?"

"Ich auch." Marga war immer noch versunken in seinem Anblick. Er war René so ähnlich! Vielleicht war René etwas fetter um die Hüften. Naja, Schriftsteller! Pierres Brust war leicht behaart, der Bauch fest, die Beine kräftig. Und, oha, seine Männlichkeit – war auch nicht zu verachten.

"Na? Was ist? Ich hörte, Du hättest schon viele nackte Männer gesehen."

"Hab ich auch!", antwortete sie schnippisch. Sie knöpfte langsam ihr Kleid auf, Pierre zog es ihr über den Kopf. Dann fielen BH und Höschen und dann standen sich beide gegenüber. Pierre hielt ihre Hände in den seinen, trat einen Schritt zurück, ohne sie loszulassen. Lange stand er so und sah an ihr herunter. Und wieder hoch.

"Genug. Ich muss unser Zeug noch aufhängen, sonst trocknen die Sachen nie." Marga versuchte Sachlichkeit in ihre Stimme zu legen, was ihr nicht ganz gelang. "Ab unter die Dusche. Und such danach doch bitte zwei Decken, in die wir uns wickeln können, sonst erkälten wir uns doch noch." Und wahrlich, während draußen immer noch das Gewitter tobte, war es kühler geworden.

Marga hing ihre Kleidung auf eine Leine, die sie durch das Bad gespannt hatte.

"Bin fertig", rief Pierre. Er kam aus der Dusche, schnappte sich ein Badetuch. "Du bist dran."

Sie schlüpfte an ihm vorbei und stellte das Wasser heißer. Die Gänsehaut strich sie sich glatt und ließ eine Weile das heiße Wasser über den Rücken strömen. *Das genügt.* Pierre hatte gewartet und hielt Marga ein Badetuch hin. "Puh-ah, kalt ist es geworden." Marga wickelte sich in das Tuch.

Erfrischt ging sie barfuß ins Wohnzimmer. Pierre trug immer noch das Badetuch um die Hüften und stand in der Pose eines Oberkellners am Tisch, auf dem Gläser und eine Flasche Rotwein standen. "Möchtest Du Tee?", fragte Pierre, doch Marga schüttelte den Kopf.

"Leg Dir lieber die Decke um. Du verkühlst Dir sonst den Charakter."

"Willst Du Dir nicht was anziehen? Du hast doch sicher Wechselwäsche dabei."

"Sicher. Aber lass mich erst einmal trocknen."

Obwohl!, dachte sie und hatte einen Entschluss gefasst. *Ob es wohl ist, wie mit René?* Spontan, wie sie es gerne tat. Sie ließ das Tuch zu Boden fallen, griff sich Pierre und zog ihn in den Schlafbereich. Sie glitt auf das Bett. Legte sich auf den Rücken und sagte "Komm, mich friert."

Dann lagen sie unter Pierres Decke. Dann küssten sie sich. Dann suchten ihre Hände und fanden was sie suchte und er half dabei. Dann liebten sie sich lange und heftig.
…und lagen eng beieinander und jedes genoss den Augenblick. Dann wollte Pierre etwas sagen, doch Marga verschloss ihm den Mund mit dem Zeigefinger. Dann küssten sie sich wieder, und liebten sich, und lagen, nun schwitzend und zufrieden, eng beieinander. "Jetzt ist mir ein wenig wärmer", flüsterte Marga in Pierres Ohr. "Und mit der Wäsche wird es auch noch dauern", brummte Pierre. Und dann liebten sie sich wieder, diesmal mit Zungen und Lippen, und dann sagte Marga: "Noch einmal, dann ist mir endlich richtig warm." Und Pierre flüsterte: "Die Wäsche ist eh noch feucht und es gewittert immer noch."

Marga wurde munter, weil sie schwitzte. Sie hielt Pierre immer noch umklammert. Sie sah in seine offenen Augen. "Hast Du nicht geschlafen?", fragte sie mit rauer Stimme.

"Ich habe immer nur Dich angesehen, seit es hell geworden ist."

Marga machte sich von Pierre frei, lag jetzt auf dem Rücken und ließ sich von ihm streicheln. Ganz zart fuhr er mit seinen weichen Fingern über ihre Haut, umfuhr geschickt die empfindlichen Stellen. Sie war unglaublich zufrieden und schnurrte jetzt wie eine Katze. Als er eine neue Liegeposition suchte, murmelte sie: "Nicht aufhören."

Da wurde er mutiger und Marga prüfte interessiert, wie es um *ihn* stand. Schade, dass er noch nicht nach ihren Sommersprossen gesucht hatte.

"Sag mal, wo hast Du eigentlich überall Sommersprossen?", brummte Pierre in ihr Ohr.

"Such doch."

Marga zitterten noch die Knie, als sie die Sachen aus dem Bad ins Wohnzimmer trug. Am liebsten hätte sie noch einmal, doch Pierre hatte auf die Uhr gesehen. "Tut mir leid, ich muss ins Büro", hatte er geflüstert, und: "Ich bleibe aber nicht lange weg. Geh nicht fort." Dann war er ins Bad gegangen, hatte geduscht, und sie hatte zugesehen. Er war in seine knittrigen Sachen gestiegen, hatte gelacht. "Umziehen muss ich mich auch noch." Und als er schon fast aus der Tür war, meinte er noch: "Bleib so." Und Marga hatte ihm einen Vogel gezeigt und war in der Dusche verschwunden. Lange, um wieder munter zu werden und um das Zittern aus den Beinen zu spülen.

Das Wetter hatte sich beruhigt. Die Luft war frischer, sauberer, doch immer noch angenehm warm. Marga stellte sich eine Relaxliege auf den Balkon, schlüpfte in einen Bikini, wunderte sich über die Reihenfolge, in der sie das getan hatte, zuckte mit den Schultern – hat ja keiner gesehen – und legte sich in die Sonne. Und war sogleich eingeschlafen.

Marga spürte Kühle auf der Haut. Zwei schmale Wolken verdeckten die Sonne. Sie setzte sich auf. Noch immer wirkten die vergangenen Stunden in ihr nach. *Natürlich,* dachte sie schläfrig, *gehört Sex dazu. Aber es war mehr als nur der Wunsch nach Sex. Und es war nicht nur deswegen, weil er René so ähnlich war. Oder doch?*

Nein, es hatte ‚Zoom' gemacht, kaum, dass er sich im Hotel an ihren Tisch gesetzt hatte. Jeden anderen hätte sie weggeschickt. Also gab es einen Grund dafür, dass sie mit Pierre eine tolle Nacht gehabt hatte. Es war dieses Ding, das manche als Chemie bezeichnen oder wie immer man es nennt. Kein Mensch wird es je ergründen können, wie und warum zwei Menschen zusammenfinden, und gleich vom ersten Moment an zusammenbleiben. Für immer. Das hat mit Sex nichts zu tun, nicht viel, der gehört auch dazu, sondern mit dem Leben. Bei diesem ist es so, bei jenem so und beim anderen ganz anders. Hauptsache, die 'Chemie' stimmte.

Eine Mücke störte ihre Überlegungen. Marga schlug gelangweilt nach dem Störer und traf. Ein roter Klecks auf dem Oberschenkel blieb übrig. Marga wusste, daraus würde mehr. Ein fieser, juckender Pickel. Sie lehnte sich zurück. In den Ställen wieherten jetzt die Pferde. Mittag sollten sie auf die Koppeln gebracht werden. Natürlich würde sie dabei sein. Es interessierte sie, wie Pierre dabei vorging, denn er musste verhindern, dass sich die Tiere ungewollt kreuzten oder Inzucht trieben.

Das Tor zum Stall öffnete sich. Es quietschte in den Angeln. Jemand rief etwas, ein Pferd antwortete. Es klang, wie De Gaulle. Marga grinste. Wahrhaftig ein seltsames Tier. Eigentlich hässlich wie selten ein Pferd, doch von hohem Seltenheitswert.

Es klopfte. "Herein", rief Marga. Der Stallmeister trat vorsichtig ein. Sofort roch es nach Pferd und Stall.

"Madame, Monsieur Lacroix bittet sie in den Stall zu kommen." Er sah Marga von Kopf bis Fuss an. "Der Herr empfiehlt Reitkleidung. Haben Sie …"

"Ich habe, Monsieur. Vielen Dank."

"Keine Ursache, Madame." Er verschwand nahezu ungehört. Der Pferdeduft blieb.

"Ah, da bist Du ja schon!" Auch Pierre musterte Marga von Kopf bis Fuß, nur hatte sie jetzt statt des Bikinis Reitkleidung an. "Wunderbar. Bist Du immer auf alles eingerichtet?"

"Natürlich. Eine Frau von meinem Format muss mit Allem rechnen, sogar mit einem Opernball", näselte Marga hochnäsig. Sie sah sich um. Die Pferde waren aufgeregt. Sie spürten, dass es auf die Koppeln ging. Arbeiter, Helfer und einige unbekannte Männer in Reitkleidung standen im langen Gang und unterhielten sich miteinander oder kümmerten sich um die Pferde in ihren Boxen. Piere stellte ihnen Marga vor.

"Reiten wir?"

"Ja. Ich habe D'Artagnan für Dich vorgesehen. Willst Du?"

"Gerne. Ich hatte schon befürchtet, ich sollte De Gaulle nehmen."

Pierre lachte. "Solch hohe Leitern haben wir nicht."

Marga sah den Gang hoch. De Gaulle hatte den Kopf weit aus seiner Box herausgestreckt, als suche er. Dann sah er sie, und gab ein seltsam gestrecktes Wiehern von sich. "Er hat Sehnsucht nach Dir, wie ich", flüsterte ihr Pierre ins Ohr. Sie legte den Kopf schief, weil es kitzelte.

"So, Leute, legen wir los!", rief Pierre in den Gang und sofort begann ein geschäftiges Treiben. Marga ging auf den Hof und wartete auf irgendetwas, denn sie hatte weder eine Aufgabe noch eine Ahnung, was zu tun war. Nach und nach kamen Pferde mit den Treibern, Reitern und Helfern aus dem Stall. Es war ein buntes Gemisch von Leibern auf zwei und vier Beinen. Die Gäule schnauften, wieherten, beschnupperten sich, drängelten und jedes Pferd wollte ganz vorne sein. Die Männer hatten Mühe, die Tiere zu beruhigen. Der Stallmeister führte D'Artagnan, schon fertig gesattelt, am Zaum aus dem Stall. Als das Pferd Marga sah, spitze es die Ohren, nickte heftig mit dem Kopf und kam stracks auf sie zu. Es stupste die Nüstern gegen Margas Schulter. Der Stallmeister sah zu dem Pferd, dann zu Marga und zurück. Dann schob er seine Mütze in den Nacken, drehte sich schweigend um und ging kopfschüttelnd davon. Marga nahm die Zügel. Dann ging sie um D'Artagnan herum und prüfte noch einmal den Sitz des Sattels. Ihr schien der Bauchgurt zu fest. Sie lockerte ihn um ein Loch und sah aus den Augenwinkeln, wie sie vom

Stallmeister beobachtet wurde. *Prüfung bestanden*, dachte sie, als sie den Stallmeister nicken sah. Dabei hätte sie das sowieso gemacht; Noch einmal alles zu kontrollieren. Jeder Reiter tut das, denn er will seinem Pferd keine Schmerzen zufügen. Und ein zu enger Gurt ist Tierquälerei.

Sie liebelte D'Artagnan noch einmal ab und saß auf. Und fühlte sich sofort wohl und sicher. Ihr Pferd drehte die Ohren nach hinten. "Alles gut", flüsterte sie und D'Artagnan nickte mit dem Kopf.

Jede Rasse hatte eine eigene Koppel. Damit verhinderte Pierre, dass es zu ungewollten Mischungen kommen konnte. Der Austrieb war beendet. Von nun ab würden die Pferde draußen bleiben, bis zur nächsten turnusmäßigen Untersuchung. Die Männer versammelten sich um Pierre. Marga trat hinzu.

"…danke ich allen Helfern, Arbeitern und natürlich den Pferden" hörte sie ihn sagen. "Der Bus ist schon unterwegs, um uns abzuholen. Ich lade alle auf ein Essen ein. Jemand nicht dabei?" Als sich niemand meldete strahlte

Pierre über das ganze Gesicht und nickte zufrieden. Er sah Marga, kam auf sie zu.

"Hat es Dir gefallen?"

"Sehr. Es war aufregend, schön. Einfach, wie, wie -"

"- Urlaub?"

"Besser." Sie stellte sich auf die Zehenspitzen und gab Pierre einen langen Kuss, was sofort von den Männern mit gutmütigem Spott kommentiert wurde.

Sie hatten die Sättel und das Zaumzeug im Bus verstaut. Während der Fahrt saß Marga neben Pierre. Sie hatte sich an ihn gelehnt und blinzelte müde mit den Augen. Er legte seinen Arm um ihre Schultern und drückte sie an sich. So wohl hatte sich Marga schon lange nicht mehr gefühlt. Die kuschelte sich noch mehr an Pierre, doch da war die Fahrt schon zu Ende. "Schade."

Ihr Reitzeug nahm ihr einer der Arbeiter ab. "Lassen Sie nur, Madame. Ich muss noch durch den Stall gehen, nach dem Rechten sehen." Marga bedankte sich müde und war froh, den schweren Sattel nicht schleppen zu müssen.

Pierre war verschwunden. Dafür kam der Stallmeister. "Darf ich sie geleiten, Madame?"

Schweigend gingen sie, bis sie um den Stall herum waren. Auf dem Weg, der aus der Farm herausführte, fragte er: "Haben Sie auch Pferde?"

"Fünf. Schöne Stücke, aber keine besondere Rasse, Arbeitspferde, Monsieur, äh…"

"Trubot." Schweigend gingen sie weiter, bis sie die Gasse erreichten.

"Ja, ich muss hier noch etwas erledigen", sagte Trubot. Als er sich abwandte, sprach er noch: "Bitte enttäuschen Sie Monsieur nicht." Marga stand noch einen Moment sprachlos und schnappte nach Luft. Was denkt sich der Kerl? Was heißt enttäuschen? Ich habe doch niemandem etwas versprochen! Als sie weiterging, zum Hotelrestaurant, die Meute der schwatzenden und lachenden Männer hinter sich, dachte sie noch: Ich bin hier im Urlaub. Nichts weiter!

Doch im Unterbewusstsein war da noch mehr. Ein Gefühl, dass ihr ein Drücken im Bauch verursachte und ein Kribbeln auf der Haut. Gestern…

Die Männer überschlugen sich darin, ihr Komplimente zu machen. Marga war beschämt, weil sie ihre Arbeit nicht so hoch einschätzte. Es war das, was jeder Bauer oder Pferdezüchter einfach tun musste. Und dann wurde gewitzelt, und gegessen, und Wein getrunken. Pierre hielt keine Rede, wie auch sonst keiner eine Rede hielt, dafür sangen sie und hatten alle einen Riesenspaß.

Marga saß neben Pierre. Immer wieder sah sie die Blicke der Männer, wie sie sie beobachteten, sie an ihren Reaktionen maßen. Und Marga war alles andere als eine Stadtpflanze. Sie kannte die derben Sprüche der Landmänner, ihre Ansichten und ihre Härte, gepaart mit einer tiefen Liebe zu ihrem Beruf. Und als Landfrau konnte sie mithalten. Sie wusste, wovon sie sprach, und setzte sie in Erstaunen, wenn sie von ihrem Gut erzählte.

"Wieviel Rinder haben Sie im Stall, Madame?" Ein alter Bauer sah sie erwartungsvoll an. "Um die hundert. Doch nicht im Stall, Monsieur, sie sind das ganze Jahr auf der Weide. Die Ställe besuchen sie nur, wenn es ihnen danach ist."

"Aber die Verluste?"

"Halten sich in vertretbaren Grenzen, Monsieur. In der Natur ist es nicht anders. Doch glauben sie mir, das Fleisch ist ein Genuss!"

Den ganzen Abend unterhielten sie sich noch über ihre Arbeit und über Abenteuer und lachten die Pechvögel aus und litten mit den Unglücklichen, denen wahres Pech widerfahren war.

Arm in Arm gingen Marga und Pierre den Weg zurück zum Stall und zur Ferienwohnung. In ihr tobten widerstrebende Gefühle. Sie zitterte, hatte das Gefühl, dass ihr sofort eiskalter Schweiß ausbrechen würde, wenn….

"Ist Dir kalt?", fragte Pierre. Marga schüttelte stumm den Kopf. Sie drückte Pierres Arm nur noch stärker.

Was sollte sie tun? In ein paar Tagen würde sie abreisen. Weiter nach Süden, in die Sonne. Doch schien ihr, dass das ein Fehler sein könnte, ein Fehler, den sie zu bereuen hätte. Denn mit Pierre war ein Mann in ihr Leben getreten, den sie auf keinen Fall verlieren wollte. Und wenn sie abreiste, dann würde sie ihn verlieren! Bliebe sie hier, was wird aus ihrem Gut, ihrem Traum vom Öko-Hof? Wie würde Pierre reagieren, wenn sie ihn aufforderte zu ihr zu ziehen. Dann müsste er seinen Traum aufgeben.

Pierre blieb unvermittelt stehen. Er zog sie an sich heran, flüsterte: "Ich liebe Dich, Marga." Marga knickten die Knie ein. Gerade noch im letzten Augenblick fing Pierre sie auf. "Was ist? Ist Dir schlecht?"

"Bring mich nach Hause. Bitte." Zu mehr war sie nicht mehr fähig.

Durch das geschlossene Fenster sah sie Pierre hinterher. Sie hatte ihm noch einen flüchtigen Kuss gegeben, sich umgedreht und war die Treppen regelrecht emporgerannt. Jetzt stand sie vor dem Fenster und weinte. Die Tränen liefen ihr einfach über die Wangen und tropften am Kinn zu Boden. So schlecht hatte sie sich noch nie gefühlt. Und gleichzeitig durchströmte sie ein unglaubliches Glücksgefühl, eine Wärme, die sie schier umwarf. Sie schleppte sich zum Sessel. Immer noch liefen ihr die Tränen über die Wangen. Aber was sollte sie machen? Sie musste Ruhe in ihre Gedanken, Ruhe in ihre aufgewühlten Gefühle bringen. Hunderttausend Fragen gingen ihr durch den Kopf und verursachten ein unglaubliches Chaos. Alles in ihr strebte zu Pierre, der ihr gestanden hatte, sie zu lieben. Nach ein paar Stunden schon. Und ihr ging es ebenso. Nein, sie liebte ihn schon seit dem Moment, als er an ihren Tisch getreten war.

Doch sie war nicht mehr ein Teenager. Sie hatte Verantwortung, für sich, für ihre Mitarbeiter und auch die vielen Tiere übernommen. Man vertraute ihr, arbeitete gemeinsam an einem Plan. Das konnte sie nicht einfach hinter sich lassen, wegen eines Liebesabenteuers! Aber es war doch mehr! Wenn sie ganz tief ihre Gefühle erforschte, dann war es Liebe. Warum, ist das Leben immer so schwer?

FLUCHT

Zu Mittag ging sie zum Hotel. Als sie am Stall vorbeikam, stand da der Stallmeister und beobachtete sie. Marga hatte das Gefühl, als würden ihr Eisnadeln in den Rücken stechen. Mir durchgedrücktem Kreuz ging sie weiter. Von Pierre hatte sie bis jetzt noch nichts gehört oder gesehen. Vielleicht hatte er wieder in der Stadt zu tun? Oder steckte auf irgendeiner Koppel fest, weil es ein Problem gegeben hatte. Viele Gründe.

Es war einer der Sommertage, nach denen sich der Mensch aus dem Norden sehnt: Mild am Morgen, warm am Mittag, und er versprach, sanft am Abend zu werden. Marga war entschlossen, nach dem Essen in den Stall zu gehen und nach Pierre zu fragen. Sie musste unbedingt mit ihm reden.

Die Türen waren verriegelt, niemand auf der Farm zu sehen oder zu hören. Es war beinahe beängstigend still, bis auf das monotone Gurren der Tauben und das Gezwitscher der Sperlinge. Weiter weg zogen kreischend Mauersegler vorbei. In der Ferne hörte Marga ein Pferd wiehern. Eine Kuh muhte erbärmlich. *Sie will in den Stall und Milch abgeben, doch der Bauer macht noch Siesta*, dachte Marga. Und bedauerte, dass sie keine Telefonnummer von Pierre oder jemanden anderen der Farm hatte. Als sie schon enttäuscht gehen wollte, stand unversehens der Stallmeister hinter ihr. Er schob seine Mütze in den Nacken. Da er so groß wie Marga war, konnte sie ihm direkt in die eisgrauen Augen sehen.

"Wissen Sie, wo Pierre steckt?" Doch der Stallmeister schwieg. Er schob seine Mütze wieder in die Stirn, schüttelte den Kopf, was eher enttäuscht aussah als nichtwissend, drehte sich um und ging, die Hände in den Hosentaschen, zum Stall.

"Haben Sie …", …denn nicht gehört, wollte Marga hinterherrufen. Sie hörte den Stallmeister noch murmeln: "Vielleicht will er von Ihnen nichts mehr wissen."

Da glaubte sie erkannt zu haben, dass es keinen Sinn mehr ergibt, nach Pierre zu suchen. Tief enttäuscht ging sie zurück zur Ferienwohnung, raffte ihre Sachen zusammen, warf die Reisetasche in den Wagen und jagte mit Vollgas davon. Ich liebe Dich, hatte er gesagt. Wirklich?

Die Küstenstraße nach Antibes war verstopft. Marga hupte, wie hundert andere genervte Autofahrer auch, obwohl ihnen klar war, dass es sowieso nichts nutzen würde. Aber es entspannte erst einmal. Sie wollte nur noch eins: Zum Hotel, einchecken, duschen, schlafen!

Sie war die ganze Nacht durchgefahren, hatte über Mautstellen geflucht, die Geschwindigkeit mehrfach überschritten und war dann vor Nizza rechts abgebogen. An einer ruhigen Stelle telefonierte sie mit einem Hotel, dass um diese Zeit sogar noch ein Zimmer frei hatte. Und nun wollte sie nur noch eines: Ihre Ruhe.

Auf jeden Fall war sie weit genug weg von dem Nest mit dem Pferdestall und diesem Pierre, der sie einfach hat sitzen lassen – sozusagen. Hinter ihr hupte es. Richtig. Wenn sie noch länger wartet, ist die Ampel wieder rot. Sie gab Gas.

Bums! Margas Kopf flog nach vorne. Sie wurde in die Gurte gedrückt, dann kamen die Airbags. Als sie wieder sehen konnte, dachte Marga nur noch eines: Schit! Ein Männchen kam wütend schreiend auf sie zugetobt. "Was ist denn mit Ihnen los? Sie können doch nicht einfach…" Doch da wurde er schon beiseitegeschoben.

"Haben Sie sich verletzt?" Ein besorgtes Gesicht blickte sie durch das offene Fenster an. Der Aufgeregte versuchte irgendwie an Marga heranzukommen, aber der Mann mit dem besorgten Gesicht liess es nicht zu. Er drehte sich zu dem Hektiker um. "Momentchen, Monsieur. *Sie* sind bei Rot gefahren. Das kann ich bezeugen, denn ich habe direkt hinter der Dame gestanden."

Marga öffnete die Tür. Sie klemmte ein wenig, aber so ein Land Rover hält eine Menge ab, besonders, wenn er wie ihrer mit einem seitlichen Stoßfänger bewaffnet war. Ihre Knie zitterten, und sie war von dem Stoß und dem Aufschlag auf die Airbags noch ein wenig benommen, doch sie hatte noch so viel Durchblick, um zu wissen, was geschehen war. "Hören Sie", sagte sie zu dem Hektiker. "Mir ist nichts passiert, dem Auto geht es gut. Also lassen sie mich in Ruhe."

"Aber, aber…" protestierte der Hektiker und Margas Helfer drohte mit der Polizei. Da sprang der kleine Mann in sein heftig demoliertes Auto und jagte davon.

"Geht es ihnen wirklich gut?" Jetzt konnte Marga sich ihren Unterstützer genauer ansehen. Er war ein Vertreter des Typs Tennislehrer für wohlhabende ältere Damen aus Paris. Braungebrannt, breitschultrig, südlich. Dunkle, beinahe schwarze Augen sahen sie immer noch besorgt an. Marga nickte. "Danke, vielen, lieben Dank. Sie haben mich vor diesem Typ gerettet."

"Mein Name ist Joseph. Kann ich ihnen helfen?"

"Ja, wenn Sie eine Werkstatt kennen, die die Airbags in zehn Minuten wechselt, denn ich muss dringend ins Hotel nach Antibes."

"Na welch ein Glücksfall! Ich muss auch nach Antibes." Er kramte umständlich ein Handy aus seiner Hosentasche. "Warten Sie. Ich rufe einen Bekannten an, der schleppt Ihr Auto in seine Werkstatt. Und ich bringe Sie nach Antibes. Ist ja hier gleich um die Ecke."

Marga fiel ein Stein vom Herzen.

"Was ist hier los?" *Oh nein, Gendarmerie!* "Man hat uns gerufen, wegen eines Unfalls."

Margas Beschützer machte ein Zeichen, dass er gleich zu Sprechen bereit wäre. Er hatte schon seinen Bekannten an der Leitung. Der Gendarm machte ein strenges Gesicht. "Nun, Madame? Ist das Ihr Wagen?" Indessen schlich sein Kollege um den Rover herum. Natürlich sah er die herausgeblasenen Airbags.

Jetzt mischte sich Joseph ein. "Das war nur ein leichter Zusammenstoß mit einem anderen Fahrzeug. Wir haben uns geeinigt…"

"Ein leichter Zusammenstoß? Und dabei kommen die Airbags, Monsieur? Waren Sie daran beteiligt?"

"Nein, ich bin nur Zeuge und Helfer, sozusagen. Es ist alles unter Kontrolle. Hier." Joseph zeigte den Gendarmen einen Ausweis. "Oh, dann ist alles in Ordnung, Monsieur. Guten Tag, noch." Damit sprangen die Polizisten in ihr Auto und rauschten davon.

"Äh. Joseph. Was war das eben?"

"Nichts weiter. Die Herren kennen mich, wissen Sie. Und damit sie sicher sind, das alles in Ordnung ist, habe ich ihnen meinen Ausweis gezeigt." Marga kam zwar vom Lande, aber einen Bären aufbinden, konnte man ihr nicht so leicht. "Sagen Sie mir, wer sie sind. Oder Sie können sich Ihr ganzes Hilfegetue sonst wohin stecken."

"Nicht böse werden, Madame. Ich will wirklich nur helfen. Und in Wahrheit bin ich sozusagen der Vorgesetzte der beiden Gendarmen. Deshalb ist alles in Ordnung."

Marga sah Joseph immer noch misstrauisch an. In der Zwischenzeit hatte sich der Abschleppwagen eingefunden. "Phillip! Fein, dass Du helfen kannst." Phillip kam mit tänzelnden Schritten auf sie zu. Er war das personifizierte Klischee des Südfranzosen. Mittelgroß, Baskenmütze im Nacken, Zigarette im Mundwinkel. Dann sah er Marga. "Olala! Madame, ist das Ihr Wagen?" Marga nickte. "Na, sowas wollte ich schon immer mal unter meine Fittiche nehmen. Sie gestatten, Madame?" Er umkreiste Margas Auto, stieß hier und da einen Pfiff aus, besah sich den Schaden an der linken Seite und steckte seinen Kopf durch das offene Seitenfenster. "Geht klar. Kein Problem. Aber die Airbags muss ich erst bestellen. Dauert bestimmt `ne Woche."

"Na, wer sagt's denn", warf sich Joseph in die Brust. "Dann erledigen wir schnell die Formalitäten und ich bringe Sie nach Antibes. Wissen Sie denn schon, wo sie wohnen werden." Marga nannte ihm das Hotel. "Kein Problem. Das ist bei mir in der Nähe. Übrigens gute Wahl."

Auf der Fahrt nach Antibes schwiegen beide. Joseph musste sich konzentrieren und Marga hatte keine Lust, sich mit irgendwem zu unterhalten.

Das fängt ja gut an, dachte sie. *Eigentlich wollte ich mich erholen und nun – und wenn ich in dem Nest geblieben wäre? Hätte mir auch einer in die Seite fahren können. Schicksal eben. Gut, dass ich nichts Wichtiges vorgehabt hatte. Eine Woche für die Reparatur? Aber, was soll ich machen? Dieser Phillip sieht ja ganz ehrlich aus. Und Joseph?* Sie sah zur Seite. Der blickte konzentriert auf die Straße. Er war entspannt, gelassen und machte einen Knutschmund, wenn er in eine scharfe Kurve fuhr.

"Übrigens, wissen Sie, das Antibes ein berühmtes Picasso Museum hat?"

"Ja, ich hörte davon."

"Wollen Sie es sich ansehen?"

Das wird bestimmt eine Selbsteinladung. Sowas wie, darf ich sie begleiten? Doch Joseph sagte nur: "Fein. Es lohnt sich."

Er bog in die Altstadt ein, ignorierte ein Verbotsschild und hielt vor dem Eingang des Hotels. "E voila, Madame. Wir sind da!"

"Wie kann ich Ihnen danken?"

"Nicht nötig. Es war mir ein Vergnügen." Sie holte ihre Taschen aus dem Fiat Cinquecento und ging zum Hoteleingang. Hinter sich hörte sie noch den Motor des Fiat aufheulen und mit quietschenden Reifen wegfahren.

ANTIBES

In Ihrem Zimmer, einem hübsch eingerichteten, nicht zu kleinem quadratischem Raum, blieb Marga erst einmal stehen. Sie senkte den Kopf, atmete tief durch. Dann stellte sie ihre Reisetasche auf den Boden, ging zum Bett und ließ sich einfach hineinfallen. Und dann kamen die Tränen, die sie seit Stunden mit aller Macht unterdrückt hatte. Und Gedanken.

Gibt es das? Einen netten Mann, der einfach nur hilft, und dann verschwindet, als hätte es ihn nie gegeben. Wie war gleich sein Name? Joseph? Mehr wusste sie nicht von ihm. Sein sympathisches Lächeln hatte Marga noch vor Augen.

Sie setzte sich auf. *Nicht jammern*, schalt sie sich. *Ich bin zur Erholung in den Süden gefahren und nicht, um Abenteuer zu erleben. Abenteuer hatte ich auf der Strecke schon genug.* Jetzt musste Marga lächeln. Gibt es nicht immer irgendwelche Sprüche dafür?

Ihr fielen gerade keine ein.

Marga stand auf. Sie musste den Staub und Schweiß der letzten Stunden von ihrem Körper waschen, bevor sie sich die Stadt ansehen würde. Und noch ein Gefühl überwog alle anderen: Hunger. Ein ganz natürliches, unschuldiges Gefühl. Nichts mit Liebe, Sehnsucht und Männern. Marga schob alles beiseite, was sie belasten würde. Das konnte sie schon von Kindheitstagen an. Was war, das war. Jetzt begann eine neue Zeit. Die Zeit ihres Urlaubs und die danach – sie wird sehen…

Die Dusche hatte ihr nicht nur den Schweiß und Staub vom Körper gewaschen, sondern auch all die Spannungen genommen, die sich über die Zeit ihrer Herfahrt aufgebaut hatten. Marga schminkte sich noch dezent, dann ging sie hinunter ins Restaurant. *Antibes, ich komme!*

Joseph! Er erhob sich aus seinem Stuhl, als er Marga sah. Zuerst war es Enttäuschung, die Marga erfasste. Soviel zur Ruhe! Schon wollte sie ihn ignorieren, doch dann wurde aus Ärger Freude. Ja, sie freute sich, Joseph zu sehen. Ihrem Helfer in der Not. Der kleine weiße Drache in ihrem Kopf riet zu größtmöglicher Distance, doch ihr Verstand reagierte anders. Es zog sie zu dem Tisch, an dem Joseph jetzt stand und sie mit einem strahlenden Lächeln erwartete. Sofort kribbelte es auf Margas Haut und in ihr zog sich etwas zusammen. Pierre, flüsterte der kleine weiße Drache mahnend.

Galant machte er einen Schritt auf sie zu, ergriff ihre Hand und gab ihr einen Handkuss.

"Ich hoffe, dass es Ihnen nicht unangenehm ist, mich zu sehen. Doch ich dachte, eine Frau aus dem Norden, ganz allein in Antibes, braucht vielleicht einen Fremdenführer." Marga sah Joseph nur an. Sie brachte kein Wort heraus. Und da sie schwieg, legte sich ein leichter Schatten auf sein Gesicht. Er zog einen Stuhl unter dem Tisch hervor. "Bitte", sagte er und Marga setzte sich langsam, ohne ihn aus den Augen zu lassen.

"Nun, haben sie sich ein wenig erholt, von der ganzen Aufregung?", fragte er. Joseph sah sie neugierig an. Marga nickte, schluckte mit trockenem Hals und brachte endlich ein heiseres "Ja, es geht." heraus. Sie wurden durch den Kellner abgelenkt. Joseph bestellte Campari mit Orange und gab Marga die Speisekarte. "Sie haben sicher Hunger?"

Sie schwiegen, warteten auf die Getränke und dass jemand anfangen würde, zu sprechen. Joseph fand als erster die Sprache wieder "Phillip hatte mich angerufen. Die Airbags sind unterwegs, an den Beulen ist er schon dran. Und dann hat sich der Mann mit dem Renault

.

gemeldet. Er wird für den Schaden aufkommen."

"Woher kannte der Ihre Telefonnummer?"

"Ich hatte mir seine Autonummer gemerkt, die Adresse ermitteln und ihn auffordern lassen, sich bei mir zu melden." Das sagte er, als wäre es ganz selbstverständlich, jemanden ermitteln zu lassen. Und Marga erinnerte sich an die Reaktion der Polizisten, vorhin. Wer ist dieser Joseph? Was ist er? Der Präfekt?

Die Getränke kamen, Marga bestellte Spaghetti frutti di mare.

"Willkommen an der Cote Azur, Marga" Sie tranken sich zu. "Darf ich Ihnen ein Stück Antibes vorstellen? Es ist keine besondere Stadt, nicht Nizza oder Cannes. Aber sie hat ihren Zauber." Und nach einer Pause: "Eine gute Wahl, Marga." Sie sah ihn fragend an, denn das hatte er schon einmal gesagt. "Weil ich Sie sonst nicht getroffen hätte."

"Dann bedanken Sie sich bei diesem Flegel."

"Habe ich schon." Joseph griente breit und zufrieden. "Also, was ist. Haben Sie Lust Antibes kennenzulernen?" Und wie, dachte Marga, doch ihre Mine blieb abweisend.

"Schade."

"Nein, so habe …" Zu schnell, dachte Marga und schwieg, weil das Essen kam. "… ich das nicht gemeint." Schnell rettete sie sich in eine Floskel: "Ich weiß nur nicht, ob ich schon für eine Stadtrundfahrt bereit bin."

"Verstehe." Josephs Mine war nichtssagend.

"Morgen? Heute wollte ich mir das Mittelmeer ansehen und einfach nur abhängen." Und zwischen zwei Gabeln mit Nudeln: "Wenn sie wollen …?"

"Aber gern. Ich kenne da eine hervorragende Stelle. Man sieht auf das Meer und die Sonne, wenn sie untergeht. Nehmen wir uns `ne Flasche Wein mit? Bitte." Er machte solch ein Kindergesicht und patschte die Hände zusammen, dass Marga lachen musste. "Ja doch. Machen wir. Sie suchen aus und ich bezahle, ja?"

Der Platz war wirklich gut gewählt. Die milde Luft, die nach Salzwasser und Fisch roch, ein sanfter Wind, der die Haut kühlte, die Aussicht auf die Stadt im Rücken und vor ihnen das

Mittelmeer, machte, dass die Anspannung, die sie wieder erfasst hatte, von Marga abfiel.

"Erzählen Sie mir von Antibes", forderte Marga. Joseph hatte Campingstühle besorgt, die er hinten auf dem Cinquecento transportiert hatte. Marga musste lachen, denn das sah zu komisch aus. Doch er grinste nur.

Sie saßen vor einer niedrigen Mauer auf den Klippen, die zum Mittelmeer abfielen. Der Wein und die Weingläser hatte Joseph auf die Mauerkrone platziert. Er schenkte ein.

"Es ist eine altehrwürdige Stadt. Zur Römerzeit sogar sehr wichtig, beinahe so bedeutend wie Marseille. Die Römer haben hier ihre Waren umgeschlagen und in den Norden geschafft. Dann war lange Ruhe. Aus Antibes wurde ein Fischerdorf. Später, um die Jahrhundertwende kamen reiche Engländer hierher. Aber auch Jules Verne hat hier gelebt und gearbeitet, Napoleon war hier nach seiner Flucht von Elba gelandet und die deutschen Faschisten hatten einen Stützpunkt unterhalten. Nach dem Krieg lebte hier Picasso und hat gemalt und getöpfert. Es gibt eine Fußgängerzone, einen Markt, am Hafen verkaufen die Fischer frischen Fisch. Und es ist meine Heimatstadt. Also eine bedeutende Stadt, wenn das zählt."

"Bestimmt", sagte Marga abgelenkt. Sie hatte eben an Pierre denken müssen. Was er wohl jetzt eben tat? War er bei seinen Pferden? Und Jaques. Er hatte sich noch nicht gemeldet. Umständlich kramte sie ihr Handy aus der Tasche. Was? Sieben Nachrichten?

"Störe ich", fragte Joseph.

"Nein, sorry, aber ich muss mal eben die Welt retten. Mein Mann auf der Farm hat sich gemeldet."

"Sie sind verheiratet?"

"Nein. Ich meine meinen – tja – Partner, die rechte Hand." Jaques hatte eine Nachricht geschrieben: *,Alles in Ordnung. Wie geht's? Schon angekommen?'* Sie würde ihm antworten, wenn sie ins Bett ging. Weiter: Pierre. Sechs Mails. Soll sie sie lesen? Jetzt? Nein! Auch erst beim Zubettgehen! Jetzt saß sie entspannt am Meer neben einem netten, sympathischen Mann!

"Alles gut. Lassen wir uns nicht weiter stören." Joseph sah aufs Meer und schwieg.

"Wenn Sie reden wollen …", Marga.

"Nein, nein. Ich genieße den Moment. Schon seit Jahren war es nicht mehr so schön, wie jetzt."

‚Ich genieße den Moment', hatte er gesagt. Marga war es ebenso gegangen. Sie hatten geschwiegen, den Wein getrunken und auf den Sonnenuntergang gewartet. Auf dem Rückweg zum Hotel nahm Marga Josephs Hand. Sie drückte sie ein wenig und er gab den Druck zurück. Er lächelte zu ihr herunter. An der Tür verabschiedete sich Joseph. "Danke, für den schönen Abend."

Sie standen noch eine Weile vor der Tür, dann stellte sich Marga auf die Zehenspitzen und gab Joseph einen zarten Kuss auf die Wange.

"Bis morgen?", fragte sie.

Er hatte genickt: "Frühstück?" Und da hatte sie genickt. Dann war er gegangen und sie sah ihm noch hinterher, bis er in seinen Wagen gestiegen und um die nächste Ecke gebogen war.

Pierre. 'Bist Du irgendwo?' Woher besaß er ihre Mailadresse? Bestimmt von der Hotelrezeption. In diesem Nest kannte doch Jeder Jeden. Musste sie auch ihre Adresse hinterlassen!?

Nummer zwei: 'Hallo?'

Nummer drei: 'Bitte, bitte.'

Nummer vier: :-(

Nummer fünf: 'Habe ich was falsch gemacht?'

Nummer sechs: 'Darf ich Dich besuchen?'

Nummer sieben: 'De Gaulle wiehert traurig. Wo ist Marga?'‘

Konnte man ihm böse sein? Und was hatte er schon getan? Marga war doch Hals über Kopf abgereist. Sie musste fair sein. Weil sie ihn – uneingestanden – liebte.

Marga schrieb: 'Mein Lieber, es lag nicht an Dir. Es ist ausschließlich mein Problem. Ich muss mir über vieles klarwerden, nachdenken. Ich bin in Antibes, zur Erholung. Ich brauche das. Wenn Du noch etwas von mir hältst, dann lass mir noch ein wenig Zeit. Marga'. Dann fügte sie noch einen Kuss-Smiley hinzu.

Entschlossen klappte Marga das Mobile zu. Es war zwar schon dunkel, doch noch zu früh, um sich schlafen zu legen. Marga machte sich schnell frisch um noch im Restaurant ein Glas Wein zu trinken. Der Kellner schwebte auf sie zu. "Bon soire, Madame?"

"Ein Glas Wein, Rosé."

"Sehr wohl. Wir haben hier einen hervorragenden aus der Region."

"Gut."

Müßig betrachtete Marga das Treiben im Restaurant. Sie hatte Aussicht auf die Straße und in die Rezeption. Pärchen und Alleinreisende kamen und gingen. Das Restaurant füllte sich immer mehr. Überall setzten sich die Gäste zusammen an die Tische, schwatzten, aßen, lachten. Nur ihr Tisch blieb 'unberührt'. Dann sah sie es. Der Kellner wimmelte jeden ab, der an Margas Tisch wollte. Warum das? Sie winkte dem Kellner.

"Warum lassen Sie niemanden an meinen Tisch? Es sind doch noch Plätze frei?"

"Oh, Madame, ich dachte, Sie wollten lieber ungestört sein."

"Das ist nett von Ihnen, aber es ist nicht nötig, mich abzuschirmen."

"Ich dachte nur, weil Sie doch mit Monsieur Joseph …"

"Was ist nur mit ihm. Sagen SIE es mir!"

"Oh, er ist eine wichtige Person hier in der Region. Sehr wichtig, Madame."

"Und *wie* wichtig?"

"Fragen Sie ihn bitte selber, Madame. Bitte. Haben Sie sonst noch einen Wunsch, Madame?"

"Nein, Danke."

Der Kellner machte einen Diener und verschwand.

Eine wichtige Person in dieser Region! Soso. Sollte sie ihn wirklich fragen, oder warten, bis er von selbst damit `rausrückte? Nein, sollte er doch von sich aus! Viel wichtiger war ihr ihre Zukunft. Am wichtigsten Pierre, das musste sie sich unumwunden gestehen. Aber wie sollte das alles mit ihnen funktionieren. Seine Heimat knapp vierhundert Kilometer von der Ihren entfernt. Eine ziemliche Entfernung! Würde er sein Heim aufgeben? Für sie, Marga. Oder sollte Marga alles hinwerfen? Was sollte aus ihren Träumen werden? Was wurde aus Jaques und ihren Arbeitern? Sie verließen sich auf Marga.

Aber körperlich fühlte sie sich zu Pierre hingezogen. In der Nacht hatte sie von ihm geträumt. Man kann seinen Traum nicht steuern. Er kommt, fühlt sich an, wie Wirklichkeit, so wirklich, dass sie von ihrem Stöhnen aufgewacht war. Heiß war ihr und sie zitterte. Um zur Ruhe zu kommen und ihr Gleichgewicht wiederzufinden, sprang sie unter die Dusche. Danach lag sie auf dem Rücken, die Hände hinter dem Kopf. Nachtgedanken sind kreisende Gedanken. Sie beginnen an einem Punkt, bewegen sich im Bogen und kommen an den Ursprung zurück. Sie begannen mit Pierre, kreisten über Margas Farm und erreichten Jaques. Dann waren sie zu D'Artagnan und De Gaulle unterwegs, sie reisten wieder in die Normandie und zurück zu Pierre. Und dazwischen war plötzlich auch Joseph aufgetaucht. Darüber schlief Marga ein. Tief und traumlos bis zum Morgen.

"Sie müssen nicht allein sitzen."
Joseph!

"Darf ich?" Und schon saß er ihr gegenüber.

"Wer sind Sie?", fragte Marga rundheraus.

"Joseph."

"Das meine ich nicht. Sie wissen ganz genau, was ich meine."

Joseph sah sich um. Er machte ein geheimnisvolles Gesicht. Mit starrem Blick in Margas Augen und dunkler Stimme fragte er: "Wollen Sie das wirklich wissen?"

"Ja. Es scheint ein finsteres Geheimnis um sie zu sein. Ich muss wissen, mit wem ich es zu tun habe. Ansonsten …"

"Ansonsten?"

"Ansonsten möchte ich Sie bitten …"

Er lehnte sich noch weiter vor. "Sagen wir so. Ich arbeite in der Präfektur. Man könnte sagen, ich bin die rechte Hand des Präfekten." Er schnippte mit den Fingern, eine hochmütige Geste, wie Marga fand. Doch sie galt dem Kellner, der schon mit Kaffee unterwegs zu ihnen war. Er lehnte sich zurück. "Dieser Job verleiht eine gewisse Macht. Damit kann man hilfreich sein. Aber leider melden sich auch ‚Freunde', die ‚teilhaben' wollen. In manchen

Fällen hilft es auch. Gut, wenn man unabhängig ist."

"Macht, haben Sie nach Macht gestrebt?"

"Oh non! Es war mehr Zufall." Sei Blick ging nach innen. "Wie auch immer. Macht haben? Es ist schwer, nicht abzuheben. Die Möglichkeit des Missbrauchs … Und Sie helfen mir gerade dabei mich zu erden."

"Ich? Ausgerechnet ich?"

"Ja. Sie sind bodenständig. Klar und rein. Sicher bei ihren Gedanken und Zielen."

"Sie kennen mich doch gar nicht! Wir haben gerade mal eben ein paar Minuten gemeinsam verbracht."

"Nun, ich möchte nicht pingelig erscheinen. Es waren genau zwei Stunden, dreißig Minuten und etliche Sekunden." Er zeigte dabei genau das gleiche schiefe Grinsen wie Pierre. Marga musste nun doch lachen. "Sie hatten mir in dieser kurzen Zeit, mehr von Ihnen gezeigt als Sie denken."

"Mir wird bange."

"Oh, bitte. Sie dürfen keine Angst vor mir haben." Joseph machte mit beiden Händen eine abwehrende Bewegung. "Es ist eben so, dass mir Ihre Gegenwart angenehm ist. Sie inspirieren mich. Und Sie geben mir Ruhe und Gleichgewicht."

Jetzt musste Marga grinsen: "Ist das nicht gleich ein wenig zuviel?"

"Ein interessantes Paradoxon. Ein wenig zuviel." Joseph wurde nachdenklich. "Kann sein, aber ich empfinde so." Er griff nach ihren Händen. "Ich mag Sie. Wollen Sie meine Freundin sein?" Er atmete aus, als habe er einen schweren Gegenstand zu tragen gehabt.

"Freundin? Mehr nicht?"

"Mehr nicht. Keine Affäre, keinen Sex. Nur Freundschaft."

In diesem Moment trat jemand an ihrem Tisch. Marga sah irritiert auf. Eine Frau, groß, schlank, langes, ebenmäßiges Elfengesicht mit wunderschönen Augen. Sie hatte dasselbe schiefe Grinsen wie Joseph. Seine Schwester?

"Darf ich mich dazusetzen?" Sie hatte eine angenehme, tiefe Stimme. "Mairi", stellte sie sich vor und saß schon, bevor einer von ihnen zustimmen konnte. "Die Schwester dieses prächtigen Mannes." Sie reichte Marga die Hand. "Und Sie sind Marga. Margarethe, wie ich vermute." Mairi fragte nicht, sie stellte fest. Sie saß aufrecht, mit durchgedrücktem Rücken und leicht erhobenem Haupt. Doch das schien ihre natürliche Haltung zu sein, denn es sah keineswegs arrogant aus. Der Kellner kam sofort. Sie gab ihre Bestellung auf, und mit einem tieferen Diener als bei Marga, verschwand er wieder.

"Ich bevorz...", begann Marga, doch Mairi unterbrach sie sofort, "... Marga. Verstehe."

"Ähm, was machst Du in Antibes, Mairi?" Joseph sah erstaunt aus.

"Geschäfte, mein Lieber, und ich wollte die Frau kennen lernen, die Dich zum ersten Mal aus der Bahn wirft." Sie wandte sich Marga zu. "Wissen Sie, er ist ein cooler Typ. Eigentlich. Aber was er mir von Ihnen gemailt hatte, al la Bonheurs!" Marga wurde rot.

"Es ist eigentlich nichts zwischen ..."

Doch Mairi ließ Marga nicht aussprechen: "Und was machen Sie hier, mit ihm, an diesem Tisch?" Hier lachte Mairi herzlich und so ansteckend, dass Marga nicht böse sein konnte und mitlachte. Überhaupt! Diese Mairi hatte ein Elfengesicht: Langer Kopf, lange Nase, gleichmäßige Züge, einen wunderschönen Mund. Die blonden Haare trug sie offen, so dass sie lang und sanft wellig über die Schulter fielen. Ihre braune, glänzende Haut kontrastierte zu dem knallgrünen Kleid, das ihr ausgezeichnet stand und ihre Körperformen nur noch betonte. Beinahe wäre so etwas wie Eifersucht in Marga aufgekommen. Doch diese Frau war einfach nur offen, frei und ohne jeden Arg.

"Ihr Herr Bruder hat mir lediglich die Freundschaft angeboten, mehr nicht."

"Oh! Das ist etwas ganz Anderes. Wissen Sie, Marga, er ist kein Bonvivant. Nein, er ist ein ehrlicher Typ! Deshalb mag ich ihn ja auch, meinen Bruder." Sie streichelte Josephs Hand. "Und wenn er jemanden seine Freundschaft anbietet, dann ist das etwas ganz Großes." Dabei sah Mairi ihren Bruder an, der mit roten Wangen dabeisaß, wie jemand Fremdes. Er hüstelte.

"Das beruhigt mich." Langsam kehrte Margas Selbstbewusstsein zurück, das beim Erscheinen Mairis erst einmal die Flucht ergriffen hatte. "Das sehe ich auch so. Deshalb wollte ich eben sein großzügiges Angebot annehmen. Nicht nur, weil er mir sympathisch ist, sondern weil er mir selbstlos geholfen hatte, als ich wirklich Hilfe brauchte."

Der Kellner erschien wieder. Als er Mairi den Wein einschenkte, sah er sie mit großen, verliebten Augen an. Man sah, dass er sich schwer von ihrem Tisch trennen konnte, und dass Mairi reagierte. Sieh an, dachte Marga, da ist etwas im Gange. Und um vom Thema abzulenken, fragte sie, nachdem der Kellner verschwunden war: "Sehe ich richtig, Mairi?"

"Oh ja!" Indem sie wieder ihren Bruder ansah: "Und er ist durchaus standesgemäß." Sie wandte sich wieder an Marga. "Er ist nicht der Kellner hier. Ihm gehören dieses Restaurant, noch zwei Cafés, sowie eine Brasserie in der Stadt. Und er ist schon seit der Schulzeit in mich verliebt."

"Aber er traut sich nicht, Ihnen einen Antrag zu machen."

"Genau. Was meinen Sie, soll ich?"

"Mögen Sie ihn denn?"

Mairi wiegte mit dem Kopf und schob die Unterlippe vor.

"Hej, ich bin auch noch da!", meldete sich Joseph.

Mairi winkte ab. "Wissen Sie, hier in der Provinz verliert man als Frau schnell seine Freiheit. Ich weiß nicht, wie dass bei Ihnen ist."

"Bei uns im Norden? In den Städten ist es anders. Aber ich lebe auf dem Land. Das ist so eine Sache."

"Was machen Sie?"

"Ich besitze einen Öko-Hof. Mit Rindern, Schweinen, ein paar Pferden, Hühnern, Land drumherum. Die großartigen Mitarbeiter einberechnet."

"Verstehe. Der Mann, der Sie haben will, muss zu Ihnen kommen. Nicht Sie zu ihm. Klar doch!" Ein nachdenklicher Zug lief über Mairis Gesicht. "Sie können das nicht aufgeben. Es ist ihr Erbe. Ihre Aufgabe, ihre Pflicht, ein Legat."

"Ja. Eine verdammt hohe Verantwortung, vor allem den Leuten gegenüber."

"Dann sind Sie frei. Und auch nicht." Und als würde ihr eine Idee kommen, sagte Sie: "Darf ich Sie besuchen, wenn sie wieder zu Hause sind?"

"Gerne, ich würde mich sehr freuen."

"Dann ist ja alles gut. Geben Sie meinem Bruder Ihre Adresse." Mairi stand auf. "Ich lasse euch jetzt allein", Mairi trank den inzwischen kalt gewordenen Kaffee in einem Zug aus, "und ich kümmere mich mal um Pasquale." Sie blinzelte ihrem Bruder zu und grinste dabei ebenso schräg. Als sie davonschwebte, atmete Joseph tief aus. "Wie ein Tsunami", seufzte er. Und Marga dacht: Wie Tolkins Elfen sieht sie aus.

Schweigen. Jeder hing seinen Gedanken nach, bis Joseph fragte: "Nun, was sagen Sie zu meinem Angebot?"

"Ich verlange viel von meinen Freunden. Wollen Sie wirklich?"

"Ja", sagte er schlicht.

"Dann will ich auch." Und dann schwiegen sie wieder.

Marga dachte an Pierre. Sie hatte ihn gleich ins Bett gezogen. Weil sie es so gewollt hatte. Was hielt sie davon ab, das Gleiche mit Joseph zu tun? Er sah gut aus, war attraktiv, ungebunden – hoffte sie – und sehr sexy. Sie überlegte, wie es sich anfühlte, wenn sie über seine Haut streichen würde. Sie war ebenso braungebrannt, wie die seiner Schwester und ebenso glatt. Das T-Shirt spannte sich über der Brust und die muskulösen Arme ließen nicht unbedingt darauf schließen, dass er im Büro arbeitete.

"Haben Sie Lust, mit mir ein wenig über Land zu fahren?"

"Wenn wir dabei auch eine Badestelle berühren. Ich möchte soo gerne im Mittelmeer baden."

"Natürlich. Sind schon einmal auf dem Motorrad gefahren."

"Ich? Selbst nicht."

"Und würden Sie es sich mit mir trauen?" Marga überlegte nicht lange: "Gerne."

Joseph sah auf seine Armbanduhr. "Oh, tut mir leid. Ich habe noch etwas zu erledigen. Gegen elf Uhr?"

"Ich freue mich."

Joseph war aufgestanden, kam um den Tisch herum. Da war es wieder, das schiefe Grinsen: "Dann bis gleich, Freundin. Ich freue mich schon." Als er ging, sah Marga lange hinter ihm her. Auch von hinten ist er attraktiv, dachte sie, und beobachtete, wie er sich in den FIAT Cinquecento zwängte. Kleiner geht's wohl nicht? Bei seiner Stellung? Seltsam.

Marga war im Bad, als es an der Hoteltür klopfte. Der Zimmerservice? "Herein!"

Joseph trat ein. "Oh, sie sind noch im Bad."

"Was? Ist es schon elf?"

"Viertel nach, Madame." Joseph hatte Motorradkleidung an und einen zweiten Helm unter dem Arm.

Marga wollte schon ins Zimmer springen. Dass das kurze Badetuch sie nur ab dem Bauch verdeckte, hatte sie noch nicht bemerkt. Aber seine großen Augen, die nicht wussten, wohin sie blicken sollten. "Ähm, ich…", stotterte sie und versuchte ihren Busen zu bedecken.

"Pardon." Philipp hüstelte und drehte sich um. "Ich gehe schon mal nach unten, ins Café." Die Tür klappte.

Marga sprang in ihre Jeans, streifte ein T-Shirt über, klemmte sich eine Jacke unter den Arm. Die kleine Handtasche lag natürlich ganz unten in der Reisetasche. Schnell tauschte sie den

Inhalt aus und sauste nach unten, ins Café, gleich neben dem Hotel.

"Hat's lange gedauert?", fragte Marga.

"Nein."

"Fein. Sehen Sie: Ich schwitze schon wieder am ganzen Körper."

Sie setzte sich. Die Sonne strahlte, der Verkehr war an dieser Straße geringer. Touristen waren bereits auf der Spur der Geschichte, zum Meer hinunter oder unterwegs in ein Museum. Gelassen saß Joseph im Sessel. Er deutete mit dem Kopf auf ein Motorrad, das am Straßenrand stand. "Da steht sie."

Marga machte große Augen. "Schön. Sowas habe ich mir immer erträumt. Bestimmt teuer, nicht?"

"Wir fahren an der Küste entlang", sprach er, ohne auf ihre Frage zu antworten. "Da haben wir eine wunderbare Aussicht auf das Meer und die Küste. Dann durch Nizza, durch die Berge zurück nach Cannes und wenn wir Lust haben, wenn Sie Lust haben, ein wenig ins Hinterland."

Als Marga den Mund öffnete um wegen ihrer Badelust nachzufragen, setzte er sofort fort:

"Und ja, Ihre Badestelle finden wir auch noch."
Er sah auf ihr Täschchen. "Ich habe was dabei.
Und Sie?"

"Oh nein! Da muss ich noch einmal hoch ins
Zimmer."

"Ich warte."

Marga genoss die Fahrt auf dem Motorrad.
Konnte sie doch ihren Gedanken nachhängen,
niemand störte. Joseph erklärte ihr vorher noch,
dass dies – dabei zeigte er auf das Motorrad –
ein Chopper sein. Ein Gerät zum Genießen,
nicht zum Rasen. Dann drückte er Marga die
Jacke seiner Schwester in die Hand. "Müsste
passen", brummte er. Sie passte und roch gut
nach Mairi; Eine Mischung aus Parfum, Leder
und Benzin. Und auch der Helm saß wie
angegossen.

Die Landschaft flog vorbei. Links Felsen,
Häuser, Pinien. Rechts das Mittelmeer.
Fußgänger spazierten an der Küstenmauer
entlang. Manchmal störte eine Villa die
Aussicht, oder eine hohe Strauchgruppe stand
in Weg. Schiffe dümpelten auf dem Wasser.

Der Himmel war hell, nicht azurblau. Ein Zeichen für einen baldigen Wetterwechsel.

Joseph – Während die Landschaft an ihr vorbeizog, versuchte sie sich Joseph zu erklären. *Was bewegte ihn, sich mit mir abzugeben? Er verlangte nichts, war nur da, nett, freundlich.* Seine Frage, ob sie seine Freundin sein wolle verunsicherte sie. Alle Männer, die wenigen die sie kannte, hatten immer nur ein Ziel: Sex. Ausgenommen Jaques. Und nun auch dieser Joseph.

Sie legten sich in die Kurve, fuhren in einen großen Bogen auf die *Promenade de Anglaise* in Nizza ein. Linkerseits erhoben sich stolz die vornehmen Hotels, davor Palmen. Auf der rechten Seite lag der steinige Strand, der nur mit Schuhen zu betreten war. Auf den Fußwegen strömten die Touristen und fotografierten, was das Zeug hielt.

Joseph musste anhalten. Er drehte sich halb zu ihr herum. Nur an den Augen konnte sie erkennen, dass er lächelte. "Hunger?", klang es dumpf unter seinem Mundtuch hervor. Marga schüttelte den Kopf.

Sie fuhren weiter. Marga hatte die Arme um Josephs Taille gelegt und den Kopf auf seinen Rücken. Joseph bog links ab, durchquerte Nizzas Haupt- und Nebenstraßen, umfuhr Antibes im Norden. An einer Parktasche hielten sie an und genossen den Ausblick. Dann kehrte er auf die Küstenstraße zurück. Bei Cannes bog er ab und blieb von jetzt ab dicht an der Küste.

"Hier." Joseph hielt an. Der Strand lag versteckt von den üblichen Touristenströmen im Osten von Cannes. "Familienfreundlich, ruhig, wenig Touries." Er liess Marga absteigen, die sich erst einmal umsah. "Ja, schön hier." Joseph gab ihr die Tasche mit dem Badezeug, während er eine Decke vom Gepäckständer schnallte. Marga ging neugierig voraus. Ein schöner Sandstrand. Rechts, fünfzig Meter entfernt, befand sich eine Surfschule, link stand ein einsamer Kiosk. Der Strand war nicht überlaufen. Ein paar Familien waren versammelt, Mütter mit ihren Kleinkindern und Müßiggänger, die ihre Freizeit hier verbrachten.

"Na, was sagen Sie?"

"Gefällt mir."

"Eine Stunde, dann weiter?"

"Ja." Marga drehte sich um ihre Achse. "Dort." Sie zeigte auf eine Stelle genau zwischen der Schule und dem Kiosk. Joseph reichte ihr die Decke. "Machen sie Platz? Ich hole uns was zum Trinken und Baguette. Was soll ,drauf sein?"

Während Marga die Decke ausbreitete, sagte sie: "Käse oder Salami. Egal."

Sie beobachtete ihn, wie er zum Kiosk ging und mit der Frau dort verhandelte. Und während sie sich auf die Decke setzte, kam er schon, auf einem Tablett Becher mit Kaffee, eine Flasche Wasser und die Baguettes balancierend, zurück.

Er stellte das Tablett in den Sand. "Was ist?", fragte er. Marga hielt ihren Bikini hoch. "Kabine?"

"Ach so." Er grinste sein schräges Lächeln. "Gibt es hier nicht. Keine Kabine. Entweder zieht man sich in aller Öffentlichkeit um oder ich darf Ihnen das Handtuch halten."

"Aber nicht schmulen", sagte sie kokett.

"Wie könnte ich!" Er stellte sich so, dass sie sich zwischen ihm und ihrem Badetuch umkleiden konnte. Sie sah, dass er sie Augen geschlossen hielt. Wie süß! "Jetzt dürfen Sie wieder gucken." Er öffnete die Augen, sah sie lange von oben an. In seinem Gesicht zuckte kein Muskel. Dann entrang sich ihm ein Seufzer. Er gab ihr das Handtuch, trat einen Schritt zurück und begann sich auszuziehen.

"Wer als erster im Wasser ist!", rief Marga und lief zum Ufer. Platschend und einen Schrei ausstoßend rannte sie ins Meer, da war er schon bei ihr. Sie ließ sich einfach auf den Rücken fallen und sah in der Gischt, wie er an ihr vorbeiraste und aufschäumend ins Wasser rauschte. Sie stürzte zu ihm. "Herrlich!"

Atemlos kamen sie nach einer halben Stunde aus dem Wasser gestiegen. Jetzt hatte Marga Hunger wie ein Bär. Sie griff nach dem Baguette, das schon ein wenig unter der Sonne gelitten hatte, und biss hinein wie eine Verhungernde. Dann erst liess sie sich im Schneidersitz nieder. "Wollen Sie sich nicht abtrocknen?", fragte Joseph, noch immer etwas atemlos von der Toberei im Wasser. "Nö, das kann so trocknen." Sie sah nach oben, denn er stand ziemlich dicht vor ihr, und es gab ihr einen Stich in die Magengrube. Erst jetzt realisierte sie, wie athletisch Joseph gebaut war. Mit vollem Mund fragte sie: "Waren Sie mal Tennislehrer?" Und es zog sich in ihr zusammen, als sie ihren Blick von seinen Füßen langsam nach oben gleiten liess und sie seine Mitte und das Sixpack darüber sah.

"Das nicht. Als Schüler und Student bin ich auf die Berge geklettert. Ist ja gleich hier nebenan." Er zeigte unbestimmt über die Häuser, die die Sicht auf die *Alpes maritime* verdeckten. "Aber ich bin seit Jahren nicht mehr oben gewesen. Und für die Muckibude habe ich auch keine Zeit – zurzeit." Er setzte sich neben Marga, griff nach einem Kaffeebecher. "Oh. Wussten Sie, dass der Dampf von kalten Kaffee schön macht?" Marga lachte, obwohl sie den Witz schon von ihrem Großvater kannte. "Verfrieren Sie sich nicht die Lippen."

"Autsch!" Joseph trank einen kleinen Schluck. "Erzählen Sie etwas von sich, Marga?"

"Was soll ich erzählen?" Marga überlegte. "Ich lebe nahe bei einem Nest in der

Normandie. Meine Mutter starb gleich nach meiner Geburt. Mein Vater hat mich erzogen."

"Das ist ihm gut gelungen."

"Er wird sich nicht bedanken können. Kurz vor meiner Dissertation (Joseph schob anerkennend die Unterlippe vor) starb auch er. Ich musste den Hof übernehmen." Und Sie erzählte von der Umgestaltung des Hofes und ihrer Idee, ökologisch zu produzieren. "Und nun sind Sie dran."

"Noch nicht."

Marga öffnete den Mund um etwas zu sagen, doch er legte ihr den Zeigefinger auf die Lippen. "Geduld, Marga. Sehen Sie?" Joseph zeigte nach Westen. Eine mächtige Wolkenwand stieg über Cannes Dächer auf. "Ich denke, wir machen, dass wir wegkommen."

"Wohin?"

"Lassen Sie sich überraschen."

Joseph fuhr die Straße hoch nach Grasse. Die Gewitterwand blieb leicht hinter ihnen zurück. Bevor sie Grasse erreichten, bog er links ab in eine schmale Straße, die weiter in die Berge führte. Ortschilder, Häuser, Gärten und winzige Felder flogen an ihnen vorbei. Joseph hatte es jetzt eilig. Endlich bog er auf einen asphaltierten Feldweg ein. "Da!", rief er über den Motorenlärm. Marga sah ein Haus. Ein Flachbau aus Glas und Beton, umgeben von einer niedrigen Mauer. Vor dem eisernen Tor hielt Joseph an. "Wir sind da." Er drückte auf eine Fernbedienung, das Tor schwang auf. Der Kies unter den Reifen knirschte, als sie vorfuhren.

Inzwischen hatte sie die Wetterfront erreicht. "Schnell rein!" Der erste Donnerschlag fiel mit dem Zufallen der Tür zusammen. "Puh!" Sie standen im Entree aus Glas und hellgrauen Sichtbeton. Der Fußboden war aus weißem Marmor, eine frei schwebende Treppe mit gläsernem Geländer führte ins nächste Stockwerk. Die gläsernen Wände und Türen ließen einen freien Blick auf die weiteren Räume zu. Bilder abstrakter und moderner Maler schmückten den ansonsten tristen Beton und eine skurrile Statue stand mitten im Raum.

"Willkommen." Joseph nahm Marga die Jacke ab und warf sie auf eine Anrichte. "Hier wohne

ich, wenn ich Zeit habe und Ruhe brauche."
Marga sah sich um, schnupperte. "Sie sind nicht
oft hier, nicht wahr." Joseph lachte. "Leider." Er
nahm sie beim Arm.

Während draußen das Unwetter tobte, mit
Blitz, Donner und Regenguss, gingen sie durchs
Haus. "Der Sichtbeton stützt den Hauptkörper
des Hauses. Alles andere wird durch eine
fragile Konstruktion aus Stahlträgern und Glas
gehalten. Das erlaubt rundherum einen freien
Ausblick und Durchblick in alle Räume."

"Auch in die Bäder?"

Joseph grinste schräg. "Ja, mit einer
Besonderheit. Sie werden sehen" Sie waren im
Wohnbereich angelangt. "Ich hatte lange
darüber nachgedacht, ob ich eine Ost-West oder
Nord-Süd-Ausrichtung bevorzugen werde.
Doch entschied ich mich, die Hauptachse nach
Süden auszurichten." Der Regen rauschte
gegen die raumgroßen Fensterscheiben. Ein
Blitz zuckte auf und gleich darauf erschütterte
ein mächtiger Donner das Haus. "Bei klarem
Wetter", fuhr Joseph ungerührt fort, wobei
Marga sich an seinen Arm klammerte, "sieht
man bis nach Cannes und aufs Mittelmeer."

"Verrückt", hauchte Marga. "Alles nur für Sie?"

"Nein. Ich möchte einmal eine Familie haben. Eine tolle Frau und vier Kinder. Mindestens." Marga stellte sich Joseph als liebevollen Familienvater vor. Wie er mit den Kleinen spielte, oder am Herd stand und Pfannkuchen briet. Und wie würde seine Frau aussehen? Sie drehte sich um sich selbst. Flache Möbel an den Wänden, eine offene Küche, eine Sitzgruppe mit Front zum riesengroßen Fenster. Bilder, Skulpturen. Ein Kamin. Hunderte von Büchern in schlichten Regalen.

"Komm, ich zeige Dir Dein Zimmer." Er war zum Du übergegangen. Auch gut, dachte Marga. Sie gingen an der offenen Küche vorbei, wieder durch eine Glastür, und betraten einen kurzen Flur. Links waren weitere Türen. "Wohin gehen die?"

"Die Nordseite. Sie ist im Allgemeinen kühler. Vorratsräume, Lager und die Bibliothek." Er öffnete eine Tür. Ein offener Kamin dominierte die Mitte. Bequeme Sessel standen drumherum. Das Nordfenster nahm, wie alle Fenster des Hauses die gesamte Wand ein. Marga blickte über einen Garten in die Berge dahinter. An den Wänden standen Regale voller Bücher. Marga blieb der Mund offenstehen. Wieder zuckte ein Blitz. Der Donner rollte lange über das Gebirge.

"Alles nur geerbt. Nichts von all dem, habe ich selbst geschaffen." Joseph klang unzufrieden und traurig. Er zog Marga weiter in ein weiteres Entree auf der anderen Seite des Hauses. Auch hier führte eine Treppe nach oben zu einer Balustrade mit gläsernem Geländer. Sie stiegen die Treppe hoch, betraten durch eine Glastür einen dunklen Gang. Licht ging an. "Hier sind die zukünftigen Kinderzimmer, mein Arbeitsraum und die Gästezimmer." Er grinste schräg. "Und hier ist Deines."

"Wieso glaubst Du, dass ich bei Dir übernachte? Ich habe nichts dabei. Und überhaupt …"

"… das Geschwätz der Nachbarn? Hier ist weit und breit kaum jemand. Ab und zu kommt mal ein Wächter vorbei. Also, keine Widerrede! Ich habe keine Lust auf nassen Straßen Motorrad zu fahren und zu Fuß kann ich Dich nicht nach Hause lassen." Er schob sie grinsend in einen Raum. Auch hier eine wandbreite Fensterfront mit einem Balkon dahinter. "Gemütlich", sagte Marga. Sie sah sich um. Eine kleine Sitzgruppe, ein Sideboard und Wandschränke. Fotos hingen an den Wänden. "Schöne Fotos." Sie zeigten Motive von Bauten und Landschaften der Provence. "Von mir. Ich liebe diese Landschaft. Es ist nicht alles glatt und sauber."

"Oh, ein gläsernes Bad!" Joseph nickte nur.

"Und wo schläft man?"

Joseph deutete schweigend, aber stolz auf ein Paneel neben der Tür. "Bett." Er drückte auf eine Taste mit entsprechender Aufschrift. Ein Teil der rechten Wand klappte herunter. Joseph hob den Zeigefinger. "Und hier", er drückte wieder eine Taste, "Fürs Bad." Die Glaswand zum Bad trübte sich. "Wenn es Dich stört, dass jemand zusieht." Er sah Marga fragend an. "Nun, was ist? Bleibst Du?"

Das Gewitter war abgezogen. Es grummelte noch in den östlichen Ausläufern der *Alpes maritimes*, doch hier schien wieder die Sonne. Marga stand am Fenster und sah auf die

Terrasse, die die gesamte Breite des Hauses einnahm, und den Swimmingpool, dessen Abdeckung sich wieder öffnete, nachdem der Regen aufgehört hatte. Über eine Reihe niedriger Pappeln, einem Pinienwäldchen und Hausdächern erkannte sie in der klaren, wie frisch gewaschenen Luft, in der Ferne das Mittelmeer.

Das Gewitter hatte nur kurzzeitig für Abkühlung gesorgt. Kaum schien die Sonne, wurde es wieder heiß.

Joseph erwartete sie im Wohnbereich. "Ich möchte gerne baden", sagte Marga, und suchte einen Weg nach draußen. Joseph zeigte ihr die Fernbedienung, die auf dem Glastisch lag. "Hier." Die Glasfenster glitten summend zur Seite und falteten sich rechts und links an die Wand. Der gesamte Wohnbereich war nun zur Terrasse hin offen. "Verrückt." Marga dachte an ihr Haus, mit den paar Zimmern, den alten Türen, den knarrenden Dielen, zugigen Fenstern und altem Gebälk. Ihre Aussicht war die, auf eine alte, brüchige Mauer, eine Strauchgruppe, die Ställe und Scheunen, und nach oben, in den blassblauen nördlichen

Himmel. Und sie spürte, wie sie diese Einfachheit vermisste. Keine Hightech. Hier roch es nach frischer Luft und Pinien. Bei ihr nach Kuh, Schwein und Erde. Sie riss sich die Kleider vom Körper und sprang in den Pool. Als sie auftauchte, war da auch Joseph im Wasser. Wieder spielten sie Fangen, tauchten und bespritzten sich, bis sie außer Atem auf die bereitstehenden Liegen fielen.

"Willst Du mich einmal besuchen", fragte Marga, nachdem sie wieder Luft bekam. Doch Joseph antwortete nicht sofort.

"Entspanne Dich, Marga. Und, ja, das will ich." Und sie fühlte tatsächlich eine innere Spannung, eine Unruhe, von der sie annahm, dass sie sie schon aus dem Norden mitgebracht hatte. Wie konnte Joseph das spüren?

Immer noch nackt, aber abgekühlt ruhten sie in den Liegen. Mit Blick zum tiefblauen Himmel, begann Joseph zu erzählen: "Meine Eltern waren wohlhabend. Schon die Großeltern und deren Eltern und die davor. Alter Industrieadel und genauso überzeugt von ihrem hohen Stand in der Gesellschaft. Meine Eltern sind bei einem Segelturn verschwunden.

Man hatte weder ihr Boot noch ihre Leichen gefunden. Sie waren einfach weg." Er schwieg in Erinnerung an den Tag, als die Polizei bei ihm aufgetaucht war, damals im Studentenwohnheim, und ihn befragte. Und an die Wochen danach. Die Sorge, die Unsicherheit, die Fragen. Bis man sich sicher glaubte, dass seine Eltern wohl einem Unglück zum Opfer gefallen waren. "Ich studierte damals gerade Recht, Politik und Philologie. Es hatte viel Kraft gekostet die Abschlüsse zu machen. Aber es lenkte auch ab. Eines Tages kamen die Direktoren des väterlichen Betriebes auf mich zu. Ich wäre jetzt dran, sollte übernehmen. Aber ich hatte kein Interesse. Ich habe den Laden verkauft, die Versicherung kassiert und mir dieses Haus gebaut."

"Und was machst Du, wenn Du nicht für den Präfekten arbeitest?"

"Ich schreibe." Joseph dreht den Kopf zu ihr. "Krimis."

Marga schrieb mit den Händen imaginäre Buchstaben in die Luft. "Der Tod der Badenixe", sagte sie dumpf, "Die Leiche im Swimmingpool."

"Sowas in der Art."

Marga stützte sich auf. Sie sah zu Joseph, der jetzt versonnen in den Himmel blickte. Er atmete ruhig und entspannt. Sein Bauch hob und senkte sich dabei. "Wieso bist Du so entspannt?"

"Ich habe keine Sorgen." Er zog die Schultern hoch. "Keine Verantwortung. Aber ich darf neben der schönsten Frau Frankreichs liegen." Er richtete sich auf. "Warst Du schon jemals bei einer Misswahl?"

"Spinnst Du?"

Er liess keinen Blick mehr von ihr. Seine Augen vermaßen sie von oben bis unten. "Mon dieu", flüsterte er. Seine Stimme hatte jede Lockerheit verloren. Er schluckte. Und auch bei Marga zog sich im Unterleib etwas zusammen. Sie spürte ihren Puls, musste heftiger atmen. Sie liess sich auf den Rücken fallen. Nein, nicht! Das würde diesen schönen Moment verderben, würde diese zarte Beziehung zerstören. Zeit lassen! Geduld. Nicht jetzt! Noch nicht gleich. Oder gar nicht. Sie schielte aus den Augenwinkeln zu Joseph, der gleichfalls wieder auf dem Rücken lag, die

Hände entspannt auf dem Bauch. Doch seine Brust hob und senkte sich bei jedem Atemzug. Armer Joseph, arme Marga, dachte sie, und fühlte gleichzeitig, dass er ebenso dachte. Wie nahe waren sie sich? Sie hatte schon auf der Motorradfahrt hierher so etwas Gewisses gespürt. Ein Gefühl der Harmonie und der Ruhe.

"Es ist so schön mit Dir", flüsterte Joseph. "Ich möchte nichts kaputt machen."

"Danke", flüsterte Marga.

"Danke", flüsterte Joseph.

Es fand sich noch Pizza im Tiefkühlfach. Jetzt war er auf dem Weg in den Keller, um einen Flasche Wein heraufzuholen. "Rot oder weiß?", rief er von unten.

Die Sonne verabschiedete sich hinter den Bergen. Sie färbte den Himmel dunkelrot, violett, dunkelblau. Ein sanfter, warmer Wind strich über die Terrasse. "Morgen gehen wir ins Museum, wenn Du möchtest."

"Gerne. Welches?"

"Picassos, in Antibes. Und dann zeige ich Dir die Stadt. Sie ist nicht groß aber uralt und wunderschön."

"Ich weiß. Die Römer."

"Älter. Man glaubt, dass Antibes vorher schon ein Stützpunkt der Phönizier war."

"Oh."

Die schwüle Stimmung zwischen ihnen hatte sich gelegt. Sie konnten sich in die Augen sehen, ohne an Vereinigung zu denken. Keinen Sex! Noch nicht, das war Margas Devise. Satt und nach zwei Gläsern Wein schläfrig, draußen war es inzwischen dunkel, sagte sie: "Ich ziehe mich zurück, bin rechtschaffend müde. Vielen Dank, für den schönen Tag." Sie war aufgestanden, beugte sich zu Joseph herunter und gab ihm einen Kuss auf die Wange. Marga hatte allerdings nicht damit gerechnet, was das bei ihr auslöste. Sie musste schnell weg. Fast rannte sie zu ihrem Zimmer. "Brauchst Du noch was?", rief er ihr hinterher. "Nein, danke." Dann war sie die Treppen hochgerannt und ihn ihr Zimmer gestürzt.

NACHTGEDANKEN

Mitten in der Nacht wurde Marga munter und konnte nicht mehr einschlafen. *Verrückt!* Im Traum hatte sie an Pierre gedacht. *Schluss mit Schlafen!* Marga stand auf, fand den Schalter für das Nachtlicht. Im Bad spritzte sie sich kaltes Wasser ins Gesicht. Ihr Handy musste sie lange suchen. Es hatte sich zwischen Bikini, Handtuch und anderen kleinen Dingen des täglichen Lebens versteckt. Auf dem Weg zum Fenster schaltete sie das Telefon ein. Es waren keine weiteren Nachrichten angekommen. Marga atmete auf. Da sie putzmunter war, konnte sie auch über ihr Verhältnis zu Pierre nachdenken. Und nicht nur über dieses. Auch zu Joseph.

Marga öffnete das Fenster mit der Fernbedienung. Auf dem Balkon standen kleine Tischchen und bequeme Sessel. *Geschmack hat er schon, dieser Joseph,* dachte sie. *Aber Geschmack und Reichtum sind das Eine. Was für eine Art Mann er ist, das Andere.*

Sie setzte sich. In der Ferne leuchtete das Meer und die Lichter der fernen Stadt, Zikaden zirpten. Schwarz standen die Pappeln, wie mahnende Zeigefinger vor dem dunklen Himmel. Marga beugte sich über ihr Handy. ‚Lieber Pierre‘, begann sie. ‚ich mag Dich sehr. Wir sind uns nahe, mit dem, was wir wollen und dem, was wir tun. Doch ich bin mir noch nicht im Klaren darüber, ob ich für einen Mann meine Persönlichkeit und Wünsche aufgeben kann und will. Ich bin Landwirtin mit Herz und Seele. Hier unten im Süden spüre ich, wie es mich in den Norden zieht, zu meinem Hof, meinen Tieren, meinen Feldern und meiner Heimat. Verstehst Du das? Das, was zwischen uns war, darf nicht nur eine Episode sein. Dafür war es zu schön, zu intensiv. Du bist ein toller Mann, mein Traummann. Lass mich noch ein wenig nachdenken. Lass mir bitte noch ein wenig Zeit. Marga. P.S. Ich wohne jetzt in Antibes. Es ist wunderbar hier, doch nur für den Urlaub. M.‘

Es klopfte. Marga erschrak. Sie saß nackt auf dem Balkon. "Moment!" Sie ging ins Zimmer und warf sich schnell ihr Kleid über.

Joseph trat vorsichtig ein. "Ich konnte nicht schlafen und habe Licht bei Dir gesehen."

"Ich konnte auch nicht mehr schlafen." Sie zog ihn auf den Balkon. "Du, Joseph, ich muss Dir was sagen." Sie konnte Josephs Gesicht nicht sehen, als sie ihm ihre Affäre mit Pierre gestand.

"Liebst Du ihn?" Da war keine Enttäuschung in Josephs Stimme. Sachlich stellte er diese Frage. Und sie zuckte mit den Schultern. "Ja, nein, vielleicht."

Jetzt lachte Joseph. "Frauen! Ja, nein, vielleicht. Was geht da in euern Köpfen vor?" Er stand auf. "Momentchen. Ich bin gleich wieder zurück."

Was geht in euren Köpfen vor? Ja, was eigentlich? Haben Männer weniger Probleme mit der Liebe? Greifen sie einfach nur zu. Dabei gibt es doch so viel zu bedenken! Es klirrte. Joseph stellte zwei Weingläser auf den Tisch und schenkte ein. Dabei sah er sie an und grinste wieder sein schräges Lächeln. Sie liebte es! Wie bei Pierre! Genauso!

"Prost."

"Weist Du, da ist doch so viel zu bedenken", begann Marga, doch Joseph schüttelte den Kopf. "Es gibt keine Garantie, keine Sicherheit, keine Zukunft, die gesichert ist. Man verliebt sich, man heiratet, fertig! Und erst dann lernt man sich kennen." Es klang abgeklärt, weise, alt. Dabei war Joseph nur wenig älter oder jünger als sie. "Sieh", setzte er fort, "Meine Großeltern hatten eine sogenannte Vernunftehe. Sie wurden verheiratet, weil zwei reiche Familien noch reicher werden wollten. Hat ja auch geklappt. Da war erst die Hochzeit und dann kam die Liebe. Ich habe es gesehen. Sie waren ein liebevolles Paar. Ich habe sie geliebt."

"Hatte Deine Großmutter einen Beruf?"

"Soviel ich weiß, nein. Sie war ganz für Großpapa und die Familie da." Er hob sein Glas, nippte am Wein. "Ich verstehe", sagte er.

"Und Deine Eltern?"

"Das war ganz sicher eine Liebesheirat. Mutter, die ebenfalls eine reiche Erbin war, wusste nicht, wer mein Vater war. Sie hatten sich beim Segeln kennen gelernt und sofort verliebt. Warum, bei allen Göttern…" Er atmete tief aus. Dann sah er Marga lange über den Rand seines Glases an. Ihr wurde so seltsam zumute. Wieder hatte sie dieses Ziehen im Unterleib. Drei Männer, zu denen sie sich hingezogen fühlte. Jaques, der fleißige, bodenständige. Pierre, der ökonomische, der Träumer. Und Joseph, der Ruhige, Sichere, Gelassene, Wohlhabende, Wohlwissende. Was sollte sie machen? Wieder fliehen? Unsinn, sie hatte Zeit. Sie war doch keine Greisin, sondern einen junge Frau! "Kann ich noch ein paar Tage bei Dir bleiben?"

Jetzt strahlte Joseph. "Gerne doch. Fühl Dich wie zu Hause."

Die Spannung fiel von ihr ab. Sie hatte Pierre geschrieben, sie hatte mit Joseph gesprochen. Jetzt spürte sie, dass sie müde wurde. "Möchtest Du ins Bett?", fragte Joseph, und erhob sich. Sie nickte, gähnte verhalten. Er schloss leise die Tür hinter sich.

Die Sonne kitzelte Marga munter. Sie lag auf der Decke und schwitzte jetzt schon! Durch das offene Fenster hörte sie Geräusche aus der Küche. Ein Espressoautomat zischte. "Marga?"

Marga ging auf den Balkon, nackt wie sie war. "Ja?" Weit und breit war niemand, der sie so sehen konnte, außer … Joseph. Er sah zu ihr hoch und schluckte. "Äh, Toast? Croissant? Was ist Euer Gnaden genehm?"

Sie beugte sich über das Geländer. Genoss Josephs Blicke, die Bestätigung dafür, dass sie eine schöne Frau war, in der Blüte ihrer Jugend.

"Und bleib so!", rief er noch, bevor er in der Küche verschwand. Sie hörte ihn lachen.

Frohnatur, dachte sie, als sie sich den Schweiß von der Haut wusch. *Ich muss mir etwas zum Anziehen kaufen.*

"Wir fahren zum Hotel und bezahlen", sagte Joseph. "Du bist mein Gast." Und als sie protestieren wollte, wiegelte er ab. "Bitte. Es würde mich freuen, wirklich."

Antibes. Joseph stellte sein Motorrad in den Schatten einer ausladenden Akazie. Das Museum war schon geöffnet. Picasso. Noch nie hatte sie Picassos Werke im Original gesehen.

"Geschafft", sagte sie, als sie wieder vor der Tür standen. "So viele Werke. Und die Keramiken! Es hat mir richtig in den Fingern gezuckt."

"Na, na." Joseph drohte mit dem Finger.

"Unsinn! Ich meine, selber machen."

"Ah." Sie gingen in die Stadt. Marga kaufte sich in der Fußgängerzone ein paar Kleider und Hosen. "Und Essen?"

"Machen wir nachher. Über das Internet."

"Hm."

Auf dem Rückweg fuhren sie noch über die *Croisette* in Cannes, gingen dort Essen, flanierten durch die Straßen und "räuberten" doch noch den Supermarkt aus, wie Joseph sagte. Während der Rücktour schmiegte sie sich an Josephs Rücken. Sie genoss die Berührung, auch wenn dicke Jacken dazwischen waren.

"Ich will heute faul sein", sagte sie. Joseph nickte. "Einverstanden. Ich auch." Dann lagen sie am Pool und hingen ihren Gedanken nach.

Margas Handy meldete sich. Sie ahnte, wer es war. Pierre!

"Ja?" Es klang unfreundlicher als sie wollte.

"Störe ich?", fragte Pierre. Marga sah auf Joseph. Doch der lag mit geschlossenen Augen in seiner Liege und atmete ruhig.

"Nein. Entschuldige."

"Kann ich Dich sehen?" Marga schwieg. Das war nicht ihr Plan! "Hallo?", tönte es aus dem Lautsprecher.

"Wo bist Du?"

"In Antibes. Ich hatte gehofft …"

"Ich hatte Dich um etwas Zeit gebeten."

"Lass ihn doch herkommen." Joseph mischte sich mit schläfriger Stimme ein, ohne seine Haltung zu verändern.

"Was?"

"Soll er doch herkommen. Wo ist das Problem. Sprecht euch aus."

"Moment", sagte sie zu Pierre. Dann zu Joseph: "Bist Du verrückt? Und dann forderst Du ihn vor die Klinge."

Joseph hatte sich aufgerichtet. "Ich bin Dein Freund. Schon vergessen?"

"Mit wem redest Du da?" quakte Pierres Stimme aus dem Handy.

"Mit meinem Freund." Sie musste erst mit Joseph reden. "Entschuldige, Pierre. Ich rufe zurück. Bleib nicht in Antibes."

"Ja. Bis dann? Äh, welcher Freund?"

"Ich werde es Dir erzählen.", schwächte Marga ihren Ton ab, "Bis dann."

Joseph griente sie erwartungsvoll an. "Nun. Wird er kommen?"

"Das geht nicht."

"Wieso?"

"Was soll er denken? Von uns?"

Joseph zuckte mit den Schultern. Es war still. Selbst die Natur schwieg. Bis ein Vogel eine lange Melodie begann. Marga nahm Josephs Hände, sah ihm in die Augen. "Würdest Du einfach so auf mich verzichten? Weil ein Anderer kommt?"

Joseph schwieg. Nur seine Augen waren beredter, als er vielleicht dachte. *Er liebt mich! Verdammt!* Marga gab es einen Stich mitten ins Herz. Sie fühlte, wie sie blass wurde. Es sang in den Ohren.

"Marga!" Sie bekam einen Schlag ins Gesicht. *Wer zum Teufel wagte es sich ...*

Joseph!

Joseph?

"Na, da bist Du ja wieder." Sie lag im Wohnraum auf dem Sofa. Das Leder war kühl. "Du hattest eine Ohnmacht."

Marga versuchte sich aufzurichten. Ihr Kopf brummte. "Eine Ohnmacht", fragte sie überflüssiger Weise. "Pierre? Was ist passiert?"

"Nichts. Du hast mich was gefragt und bist in Ohnmacht gefallen. Alles in einem. Ich konnte Dich nicht mal auffangen. Das gibt bestimmt blaue Flecken."

Jetzt fiel es Marga wieder ein. Sie hatte ihn gefragt, ob er sie liebe. Nicht direkt. Indirekt. Aber seine Nicht-Antwort hatte sie umgeworfen. Im wahrsten Wortsinne. Verdammt! Sie brauchte noch Zeit.

Joseph half ihr auf das Zimmer. "Ruh Dich aus", sagte er und schloss leise die Tür.

14

Es ist einfach verrückt! Jahrelang konnte sie alleine leben. Kein Mann, keine ‚Freundin‘, keine besorgten Eltern oder Schwiegereltern, nicht einmal ein Hund. Nur Studium und Arbeit. Dann kam René hereingeschneit und brachte alles durcheinander. Marga wiegte mit dem Kopf. Nun nicht Alles. *Sie* hatte er durcheinandergebracht! Vielleicht hatte auch sie sich selbst … Es war das Erlebnis mit René. Die unerwartete, wunderbare und tiefgehende Körperlichkeit. So unglaublich herrlich. Sie hatte nächtelang nicht richtig geschlafen. Immer wieder dachte sie an René, fühlte ihn buchstäblich. Und war tagsüber etwas abwesend, aber fröhlich und entspannt. Jaques hatte ein paar Mal nachgefragt, was denn sei und ob es ihr gut ginge.

Abstand! Sie hatte Abstand von dem Ort, der sie an René erinnern würde, gebraucht. Das war auch der Grund, weshalb sie in den Süden gefahren war. Weit, weit weg wollte sie sein! Und wer konnte denn ahnen, dass sie gleich beim erstbesten Halt einem Mann wie Pierre begegnen würde. Pierre, beinahe wie René. Beinahe! Erfolgreiche Männer ohne Allüren und mit guter Erziehung. Sie versprachen Sicherheit, Zuverlässigkeit, Souveränität. Liebe.

Liebe?

Männer haben es leichter. Sie gefällt ihm, ist hübsch, sexy, gebärfreudig, fertig! Heiraten. Jedenfalls dürfte es bei den Meisten so sein. Ausnahmen bestätigen nur die Regel.

Und wer ist Joseph? Wirklich nur ein Freund mit Ambitionen zu mehr. Sein Blick vorhin hatte mehr gesagt. Viel, viel mehr. Wenn Marga könnte, würde sie alle drei nehmen. Das wäre ein Spaß, da oben im Norden. Die alten Weiblein würden sich das Maul zerreißen und die Männer …? Marga kicherte still vor sich hin. Drei Männer!

Aber im Ernst!

Da hatte Marga eine Eingebung. Ja, so würde sie es machen. Gleich morgen früh!

König der Welt ist ein Herz, das
liebt
Und jeder Herzschlag
Ist ein Ritterschlag
Verneigt euch tief und soweit es
geht
Vor dieser herrlichen Majestät.
Und soll Dein Herz auch ein König
sein
So sag ich: Liebe! Liebe!

Karat

JAQUES

Der Abschied von Joseph war ihr leichter
gefallen, als Marga befürchtet hatte. Er hatte
verstanden, zumindest sah es so aus, und
genickt, nachdem sie ihm erklärt hatte, was sie
plante. "Egal, was passiert, ich warte auf Dich.
Auch wenn Du Dich nicht für mich
entscheidest, ruf mich an. Ich bin immer Dein
Freund." Und Joseph war generös. Er gab ihr

den Schlüssel für seinen Wagen. Nicht den des Cinquecento! Da stand, neben anderen, ein SLK in seiner Garage. "Ach so? Du wolltest nicht auf nassen Straßen mit dem Motorrad fahren? Und was ist das?" Dieses Grinsen!

"Autos?"

"Schuft, Entführer! Und wenn ich Dir einen Kratzer reinfahre?"

"Dann behalte ich Deinen Rover." *Und was sollte das, mit dem 'ruf mich an'? Ich muss ihm eh das Auto zurückbringen! Witzbold.*

Marga fuhr schnell, so schnell sie konnte und durfte. Sie hielt nicht an, sondern fuhr durch, bis sie die rumpelnde Straße ihres Heimatortes unter sich spürte. Eintausendzweihundert Kilometer auf einem Ritt. Dann atmete sie auf.

"Marga?" Jaques stand in der Tür zur Küche. "Was machst Du denn hier. Ich denke Du bist im Süden und sonnst Dich?"

"Sehnsucht." Sie lächelte müde.

"Ah ja. Dann sehen wir uns morgen, wie üblich?"

"Hm ja. Wie üblich."

"Schon gut. Ich sehe, Du bist müde. Gute Nacht." Und er verschwand so leise wie Joseph.

Marga war nicht müde. Sie war todmüde, weshalb sie sofort ins Bett stieg, nachdem sie kurz unter dem Wasserhahn durchgehuscht war. Und war munter. *Verdammt! Ich müsste doch ...* nein, ihr tat der ganze Körper weh. Aber sie konnte nicht schlafen, weil ihre Gedanken darum kreisten: *Wie erfährt Frau, wie ein Mann wirklich ist? Wenn er nicht balzt. Sondern ist, wie er ist? Und wer ist Jaques? Hatte ich mich das nicht schon einmal gefragt. In Antibes oder bei Pierre?*

Jaques war nie richtig in ihrem Focus gewesen. Er hat für ihren Vater und dann für sie gearbeitet. Und es war selbstverständlich, dass er immer da war. Immer bereit. Er war wie ein Gegenstand, der vorhanden ist, den man aber nicht bemerkt, bis man sich daran stößt. Dann stellt man fest, dass er stört oder einem gefällt. Marga hatte Jaques entdeckt. Sie hatte sich gestoßen. Er war ihr aufgefallen. Oh, Jaques war immer korrekt, höflich, sofort bereit, das zu tun, worum man bat. Ohne lange Frage. Wie ein Werkzeug eben. Ein blasser, kalter Mond schickte seine Strahlen ins Zimmer und zeichnete skurrile Muster und Streifen auf

Deckbett und Wände. Marga stellte sich vor, wie er neben ihr liegen würde. Die raue Innenhaut seiner Hände würde sie an der Schulter berühren. Sie schloss die Augen. Seine Hand glitt weiter, über den Rücken, den Po. Es kitzelte so schön und Marga seufzte …

"Mach nur weiter. Alles O.K." Marga begleitete Jaques bei der Arbeit, beobachtete ihn. Manchmal aus der Nähe, manchmal von fern. Nach zwei Tagen fragte er sie, die Mistgabel mit dem Stiel nach unten in der Hand: "Sag mal, kontrollierst Du mich?"

Marga wurde rot. "N-nein. Nicht. Nicht was Du denkst."

"Was denke ich denn?"

"Äh. Naja. Ich wollte nur sehen, wie Du arbeitest."

"Willst Du mich rausschmeißen?"

"Nein, ich bitte Dich. Es hat einen anderen Grund. Einen sehr persönlichen." Jaques sah sie misstrauisch an. "Persönlich?" Plötzlich fuhr er herum. "Was persönlich? Ich weiß nicht, was Dich das angeht! Wer hat da gequatscht? Selma, Joos?" Selma besorgte die Pflege der

Schafe und Joos, ein Holländer, kümmerte sich um die Technik. Marga schüttelte heftig den Kopf. "Ich verstehe nicht." Marga war erschüttert über Jaques Reaktion. Sie wollte doch nur… "Es geht Dich nix an! Nicht so viel!" Er drückte Daumen und Zeigefinger zusammen. "Ich bin schwul, na und?!" Er drehte Marga den Rücken zu.

Marga war baff. Ihr fehlten die Worte. *Dieser große, schöne, kräftige Mann!* Ihr Jaques! Mit dem sie im Traum im Bett gelegen hatte. Und da musste Marga lachen. "Entschuldige", stieß sie atemlos hervor. "Ich bin eine Idiotin!" Marga griff nach Jaques Hand. Jetzt war es an Jaques irritiert zu gucken. Sie sah, immer noch lachend, zu ihm hoch, stellte sich auf die Zehenspitzen und gab ihm einen schmatzenden Kuss mitten auf den Lippen. "Ich hätte Dich beinahe fragen wollen, ob Du mich heiraten möchtest." Sie zog ihn an sich und umarmte ihn. "Alles in Ordnung. Du arbeitest wundervoll. Und liebe, wen Du willst." Doch dann wurde sie ernst. "Wir haben trotzdem zu reden. In zwei Stunden? Im Büro." Marga brauchte etwas Zeit, um über das eben Gehörte und Erlebte nachzudenken. Und einen Verlust zu betrauern. *Schaaaade.*

"Das ist nicht Dein Ernst." Jaques sah sie schockiert an. Marga nickte heftig. "Mein voller Ernst. Wir wandeln um."

Marga hatte den endgültigen Entschluss gefasst, ihren Hof, ihr Gut in eine Kapitalgesellschaft zu wandeln. Damit gab sie die Verantwortung ab, da sie nicht die Absicht hatte die Geschäftsführung zu übernehmen. Weiterhin ergab sich für sie die Möglichkeit ortsunabhängig die nötige Kontrolle über ihr Kapital auszuüben. *Ganz davon abgesehen,* hatte Marga amüsiert gedacht, *kann ich meine Männergeschichten irgendwie ins Reine bringen. Und da Jaques sozusagen ‚ausfällt‘, haben sich meine Probleme wesentlich minimiert.*

"Und Du wirst Geschäftsführer. Punkt."

"Aber die Buchhaltung. Ich habe keine Ahnung davon."

"Such Dir eine geeignete Person. In einer Gegend, wo es jede Menge Arbeitsuchende …"

"Ja gut. Ich mach's. Aber zerreiß mich nicht in der Luft, wenn es danebengeht."

Marga hob einen Zeigefinger. "Du stehst unter Kontrolle."

"Oh je."

Zwei Wochen hatte Marga geplant, ihr Verhältnis mit Jaques zu klären. Nachdem sich Punkt eins auf ihrer Liste ziemlich schnell, aber nicht schmerzlos erledigt hatte, war Marga zu Punkt zwei übergegangen. Diese zwei Wochen hatte sie gebraucht um auch ihr Verhältnis zu ihrem Gut zu klären. Zum Glück half ihr ein raffinierter Advokat aus der Kreisstadt. Als sie wieder in Josephs SLK saß, atmete sie tief durch. Und nun zu Pierre!

Die Stereoanlage im SLK war von bester Qualität – abgesehen von Josephs exquisiter CD-Sammlung. Zufrieden sang sie die Titel mit. Laut und in einem furchtbaren englisch. Und während sie fuhr, ließ sie die letzten zwei Wochen Revue passieren.

Jaques und sie hatten noch lange gelacht. Die Vorstellung, dass Marga ihm einen Heiratsantrag gemacht, trieb ihnen die Tränen in die Augen. Sie lagen sich in den Armen. Und dann wurden beide ganz still. Und Jaques flüsterte: "Ich habe nicht gewusst, dass Du Dich so gut anfühlst." Und um dieses Etwas, was mit einem Mal zwischen ihnen schwebte, zu neutralisieren, flüsterte er ihr ins Ohr: "Chefin." Sie hielten sich an den Händen, wie ein Liebespaar, sahen sich an. "Ich mag Dich sehr, Jaques. Und ich vertraue Dir."

Anderntags war so viel zu tun, dass sie keine Zeit für private Angelegenheiten hatten. Da musste die Inventur vorbereitet werden, Zwischenabschlüsse vorbereitet, Termine gemacht und mit den Mitarbeitern geredet werden. Abends saßen Sie todmüde im Bistro, der Wein begann warm zu werden und schwiegen sich an.

"Ich wollte …", sagten beide gleichzeitig.

"Du zuerst."

"Nein, Ladys first, Marga."

"Na gut. Was ich sagen wollte. Nee, was ich fragen wollte, hast Du schon…?"

Jaques nickte.

"Und kenne ich die – den?"

Er bewegte sich unbehaglich auf dem Stuhl.
"Ich glaube nein."
"Und?"
"Wir wollen heiraten."
"Meinen Segen habt ihr."
"Wäre schön, wenn Du dabei sein könntest.
Als Trauzeugin …?"

Jetzt begriff Marga. Nicht sie war es gewesen,
die Jaques immer wieder auf den Hof gelockt
hatte! Aber wer? Wer steckte hinter der
geheimnisvollen Person? War sie so blind
gewesen, so gleichgültig Jaques gegenüber,
dass sie nichts, aber auch gar nichts geschnallt
hatte? Marga liess alle möglichen Kandidaten
vor ihren geistigen Augen Revue passieren. Er
waren ja nur vier: Charles, Jan, David und Joos.
Charles fiel aus. Zu schlampig. Er roch nach
Schweiß als habe er sich Wochen nicht
gewaschen, hatte schmutzige, abgebrochene
Fingernägel und seine Kleider bestanden aus
Arbeitsklamotten, die er sicher nicht einmal
zum Schlafen auszog. Nein, der fiel aus! Jan
kam aus dem tiefsten Westen, von der Küste. Er
war still, grob, wenn er den Mund öffnete und

keinesfalls der Typ, den Jaques heiraten würde. Wenn Feierabend war, verschwand er in den Ort und verbrachte seine Freizeit damit, im Bistro Unmengen von Bier zu trinken.

David gehörte zum Stamm des Gutes. Wie Jaques war er gut gebaut, hatte eine sanfte Stimme. Er liebte Kälber und die Ferkel, die er sanft behandelte und aufopfernd versorgte. Seine Hände waren schmal. Nicht die eines Bauern, sein Profil südlich und er hatte tiefdunkle Augen. Wenn er Marga ansah, wurde ihr immer ganz anders und sie musste zur Seite blicken. Seltsam. Ja, das ist ein Kandidat! War er nicht Jude? Aber was soll's. Das war kein Ausschlusskriterium, denn Jaques war alles andere als streng katholisch. Aber beide Religionen waren definitiv nicht damit einverstanden, dass zwei Männer zusammenlebten. Und schon gar nicht heirateten!

Joos? Alles was mit Technik zu tun hatte, war seins. Im Frühjahr und im Herbst schlief Joos auf dem Hof, denn das war die Zeit, zu der er am meisten gebraucht wurde. Auch ein Zwei-Meter-Riese. Marga ging ihm nicht einmal bis zur Brust. "Der reißt dir einen Dieselmotor aus dem Trecker. Mit bloßen Händen!", hatte Vater einmal gesagt. Joos regte nichts auf. "Alles ist machbar", war seine Devise. Er war als Kind hierher 'verschleppt' worden, sagte er. Seine Eltern, Holländer, besaßen ein paar Kilometer weiter eine Hühnerfarm. Auf Margas Frage: "Warum arbeitest Du nicht bei Deinen Eltern?", lautete die lapidare Antwort, "Keine Lust auf Federvieh" Und Marga begann jetzt zu ahnen und Bilderteile zu einem Ganzen zusammenzufügen. Aha! Daher wehte der Wind. Joos und Jaques!

Das Auto summte einen Berg hoch. Marga fuhr, wie bei ihrer ersten Tour in den Süden, über Landstraßen. Sie genoss die ruhige Fahrt, ohne den Zwang eines Termins. So hatte sie die Muße sich auf ihr Treffen mit Pierre vorzubereiten. Doch noch geisterte Jaques durch ihre Gedanken. Wie konnte sie annehmen, dass er ein Kandidat gewesen wäre? Je mehr sie darüber nachdachte, desto mehr ärgerte es sie. Sich einzubilden, er würde mit ihr… wäre wegen ihr … na schönen Dank! Das war Peinlich. Sie hatte sich zum Affen gemacht. Zum Glück nur vor Jaques. Wenigsten war es ihr gelungen, gute Miene zum bösen Spiel zu machen! Soll er doch…! Als Liebhaber durchgefallen. Und was heißt, ich wusste nicht, wie gut Du dich anfühlst. Ha! Natürlich fühlte sie sich gut an. Sie war ja eine Frau!!

Ein Blick auf den Tacho verriet ihr, dass sie sich aufregte. Schnell den Fuss vom Gas! *Was habe ich mir nur dabei gedacht? Fahre nach Hause um - was eigentlich zu erwarten? Trauzeugin zu werden? Lächerlich! Und lächerlich, dass ich mich drüber ärgere. Ist doch meine eigene Schuld!*

Marga öffnete das Dach des SLK. Wind, Sonne, frische *Sommerluft. Da bin ich wieder, Süden!*

PIERRE

Ausgerechnet dem Stallmeister musste sie begegnen. Ausgerechnet! "Guten Tag, Madame", antwortete er reserviert auf ihre Frage nach Pierre. "Monsieur ist im Stall." Er hielt sie am Arm fest. "Bitte leise."

"Warum?"

"Madame Butterfly hat Probleme beim Fohlen."

"Ah." Sie wollte auf keinen Fall das Tier stören. Stuten reagieren empfindlich. Schließlich sind Pferde Fluchttiere. Geräuschlos schloss sie die Stalltür hinter sich. Sie hörte ein leises Schnaufen. Madame Butterfly gehörte zur Leutstettener Rasse, die Pierre aus Deutschland geholt hatte. Er wollte eine kleine Herde schaffen und damit den Bestand europaweit erhalten.

Madame Butterfly spitzte die Ohren, worauf Pierre sich umdrehte. "Ah, Marga", sagte er trocken, als wäre sie eben nur mal kurz weg gewesen, "Madame hat Probleme. Das Fohlen liegt falsch." Er streichelte der Stute den Hals. Marga roch starken Pferdeschweißgeruch. Die Stute lag im Stroh. Sie atmete angestrengt. Ihre Ohren spielten unruhig. "Darf ich?" Pierre nickte.

Vorsichtig betrat sie die Box. Sie erkannte, dass die Stute schon lange überfällig war. "Kommt der Tierarzt?"

"Er ist bei einem Nachbarn. Will aber, sobald er dort – Achtung!" Madame Butterfly stöhnte leise. Ihre Augen waren weit geöffnet. "Es schein, als wenn es sich dreht. Sieh doch." Marga spürte unter ihren Händen eine Bewegung in Butterflys Bauch. "Jetzt, es geht los." Marga war so konzentriert, dass sie nicht merkte, wie Pierre sie fixierte, keinen Blick von ihr ließ. Und dann ging es schnell. In wenigen Minuten war das Fohlen geboren. Nass, die Hände unter dem Bauch zusammengezogen. Es jappte nach Luft, als wäre es selber niedergekommen. Butterfly stieß eine Art Seufzer aus. Ein Geräusch, so seltsam, das Marga und Pierre lächeln mussten. Sie gingen vorsichtig aus der Box heraus. Gleich nach der Nachgeburt würde die Stute aufstehen und ihr Fohlen säubern. Es gab nichts mehr zu tun. Sie lehnten nebeneinander an der Tür.

"Pferdeflüsterin", sagte Pierre leise.

"Ach was, das war nur Glück."

Doch Pierre schüttelte den Kopf. Dann griente er sein schräges Lächeln. "Früher hätte man sowas wie Dich verbrannt. Du bist eine – Nein,

keine Hexe. Die gute Fee. Ja, das bist Du."
Marga wurde rot.

Schweigend sahen sie auf die Mutter und das Fohlen, das gerade versuchte, auf die staksigen Beine zu kommen. "Na los, gib dir Mühe", Pierre sah gebannt auf das Fohlen, "Komm schon." Auch Marga fühlte mit, spürte die Anstrengungen des Jungen, würde am liebsten helfen. Doch sie wusste, dass sie es nicht durfte. "Mach! Hoch jetzt", forderte sie das Fohlen auf. Und da stand es, zittrig, aber es stand.

"Na, wer sagt's denn? Gehen wir einen trinken?" Ohne eine Antwort abzuwarten, drehte Pierre sich um und stiefelte los. Marga machte eine Bewegung, als würde sie mit dem Fuss aufstampfen. Sie atmete tief durch und lief Pierre hinterher. "He, warte mal!" Doch er hörte nicht.

Atemlos stürzte Marga ins Hotel, lief durch den kurzen Flur auf den Hof. Da saß er, die Beine lang ausgestreckt, und sah ihr entgegen.

"Reiten kannst Du aber schneller", stellte er fest. Marga baute sich vor ihm auf. "Willst Du, dass ich gehe?"

Pierre blickte ihr in die Augen. "Nein. Natürlich nicht."

"Dann war das eine Retourkutsche?"

Er zuckte mit den Schultern. Dann klopfte er auf den Gartenstuhl neben sich. "Setz Dich bitte."

Was tue ich hier eigentlich, fragte sich Marga. *Bin ich sein Liebchen? Dem er befehlen kann? Mit dem er umspringen kann, wie er will? Seine von ihm abhängige dumme Gans? Muss ich mir…* Aber da saß sie schon. Sprungbereit auf der Kante des Stuhles.

"Danke für Deine Hilfe. Ich glaube, Du hast Butterfly das Leben gerettet", sagte er jetzt weich.

"Gerne geschehen."

Die Küchenfrau stellte eine Karaffe Rotwein und zwei Gläser vor sie hin.

"Wein?" Marga nickte.

"Warum tun wir Erwachsenen uns immer so schwer?" Pierre legte seine Hand auf Margas. Sie war warm, weich und groß. Margas verschwand unter der seinen vollständig. Vorsichtig zog sie ihre hervor, damit er das Zittern nicht spürte, dass sie eben überkam.

"Pierre", Margas Hals war trockener als die Atacama-Wüste. Ihre Stimme klang rau, wie Sandpapier auf Sandpapier. "Ich …" Doch er legte ihr den Zeigefinger auf die Lippen. "Sag jetzt nichts. Lass uns schweigen und den Moment spüren." *Ah, ein Philanthrop! Fehlt nur noch, dass er jetzt ein Gedicht spricht.*

"Fehlt nur noch, dass ich jetzt ein Gedicht zitiere?" *Kann er Gedanken lesen?*

Er goss ein, schob Marga ein Glas zu. Sie nahm es und trank es in einem Zug aus. "Pierre, ich wollte Dir erklären …" Wieder unterbrach er Marga. "Morgen. Heute trinken wir auf das neue Leben." Und, als fiele ihm etwas ein: "Hast Du schon ein Zimmer?" Marga schüttelte den Kopf.

Marga sah Pierre hinterher, als er ihr die Tasche die Treppe hochschleppte. Und es gefiel ihr, wie er scheinbar ohne jede Anstrengung die Tasche trug. Und ihr gefiel sein Knackar… wie Josephs, der ihr auch gefallen hatte. "Was hast Du heute noch vor?", fragte er von oben.

"Weiß nicht. Ich glaube ich muss mich erst ein wenig ausruhen." Er erwartete sie oben auf dem

Podest. "Und noch ein paar Korrespondenzen führen."

"Und was ist mit Deinem Urlaub?" Jetzt stand sie vor ihm. Er machte nur einen winzigen Schritt zurück, so dass sie gezwungen war, noch dichter an ihn heranzurücken, um auf dem Podest zu stehen. Marga sah zu ihm auf. Er roch nach Pferd, Seife und einem herben Rasierwasser. Sie mochte den Duft nach Männlichkeit und Landwirtschaft. Der Duft, den sie seit ihrer Kindheit in der Nase hatte. Damit war sie ausgewachsen. Es fehlte noch etwas Diesel. Papa duftete nach Zigarren und Jaques – ach Jaques! – an ihm haftete dieser Dieselduft. Marga legte ihre Hände auf seine Brust. "Ich bin raus. Wenn ich will, habe ich das ganze Jahr Urlaub." Er senkte seinen Kopf auf ihren Kopf, hauchte einen zarten Kuss in ihre Haare. "Morgen. Morgen reden wir, ja?" Marga konnte nicht anders. Sie drückte sich an ihn. Ein paar Tränchen rannen aus den Augen. "Ja, morgen." Pierre liess sie los. Seine Hände glitten an ihrem Körper entlang, als er sich der Treppe zuwandte und langsam herunterstieg. "Bis morgen." Dann schlug die Tür zu.

Die Tasche stand noch auf dem Flur. Marga war zum offenen Fenster gegangen. Gerade bezog sich der Himmel mit grauen Wolken. Es roch nach Regen. Sie sah Pierre zum Stall gehen. Sicher will er nach dem Fohlen sehen. Er hatte genug Zeit mit ihr verbracht.

Die Stalltür ging auf, und heraus kam der Stallmeister. Pierre und er sprachen miteinander. Etwas stimmte nicht. Ihr Ton wurde lauter, ihre Gesten heftiger. Es begann leise zu nieseln. Marga konnte nicht verstehen, was gesagt wurde, doch ab und zu drehten sich die Männer um und sahen zu ihr herauf. Dann ging der Stallmeister mit wütenden Schritten weiter zur Scheune. Pierre stand noch einen Moment, wie wenn er auf etwas warten würde, dann verschwand er im Stall.

Nach einer ausgiebigen Dusche fühlte sich Marga viel besser. Sie wickelte sich in ein großes Badetuch. Heute wollte sie ihre Haare durch die Luft trocknen lassen. Der Regen rauschte leise durch das offene Fenster. Ein warmer Regen. Am liebsten – verrückt! Ich tu's!

Sie zog sich schnell an, sprang die Treppe hinunter, in ihr Auto und fuhr zu den Weiden. Beim Austrieb der Pferde hatte sie eine Lichtung im Wald entdeckt, mit einem winzigen Tümpel. Dort wollte sie hin. Das Auto hatte die Wärme des Tages gespeichert. Marga schwitzte schon wieder. An der Lichtung hielt sie an, sah sich um. Kein Mensch weit und breit! Sie warf ihre Sachen ins Auto und sprang durch den warmen, sanften Regen zum Teich. Es kitzelte und stach an den Schultern und im Rücken. Die Luft war warm, die Regentropfen kühlten ihre heiße Haut. Vorsichtig ging sie ins Wasser. Tausend Ringe malten die Tropfen auf die Wasseroberfläche. Margas Haare waren schon wieder nass. Sie beugte sich nieder, griff mit beiden Händen in den Teich und spritzte sich das Wasser über den Kopf und noch einmal ins Gesicht. Herrlich! Marga liess sich auf die Knie fallen, hob die Arme, wie eine Regenanbeterin und genoss das Gefühl völliger Freiheit. Dann ließ sie sich auf den Rücken fallen. Der Regen massierte ihre Haut, das Wasser des Teiches kühlte ihr den Rücken. Ihre Gedanken waren frei, nichts belastete sie.

Die Kühle des Teichwassers jagte sie hoch. Nass wie Marga war, streifte sie ihr Kleid über, setzte sich ins Auto und fuhr, vollkommen ausgeglichen und eins mit sich, zurück zur Ferienwohnung. Wenig später war sie eingeschlafen.

Es regnete immer noch leise, als Marga die Augen aufschlug. Ein typischer Landregen. Es ist, wie wenn es im Winter schneit. Alles ist leise, gedämpft. Eine tiefe Ruhe geht vom Land aus. Gänsegeschnatter klang zu ihrem Zimmer hoch. Marga drehte sich auf die andere Seite. Ein abstraktes Bild hing an der Wand zum Bad. Sehr bunt, sehr abstrakt. Marga konnte mit dieser Kunst nichts anfangen. Es sagte ihr nichts, störte sie aber auch nicht. Der Anblick machte sie schläfrig. Zurück auf den Rücken. Wann, hatte Pierre gesagt, wollten sie sich wiedersehen? Sie strich mit den Händen über ihre Haut. Der Regen gestern hatte ihr eine samtene Weichheit gegeben. Der Schläfrigkeit wich ein warmes, drängendes Gefühl, als sich ihre Finger dem Venushügel näherten. Marga warf die Decke zur Seite, um der aufsteigende

Hitze in ihr Abkühlung zu geben. Doch das jetzt wild drängende Gefühl war stärker.

"Marga? Schläfst Du noch?" Marga schreckte hoch. *Oh mein Gott, ich bin wieder eingeschlafen!* "Ja", rief sie mit rauer Stimme. "Moment. Ich habe noch nichts an."

"Dann komme ich jetzt." Pierre, vor der Tür, lachte.

Marga lachte jetzt auch. Es tat so gut, seine Stimme zu hören. "Na dann komm doch." Da war sie schon am Schrank und suchte Sachen für den Tag heraus. Pierre kam herein. Er sah sich um. "Da bist Du ja. Langschläfer." Während sie sich anzog, sah Pierre aus dem Fenster. "Ich habe auch Hunger wie ein Langschläfer."

"Dann fahren wir zum Frühstück in die Stadt. Danach kurz in die Kanzlei und dann –was hast du vor?"

"Mit Dir reden, Dich wirklich kennen lernen, erfahren, wer und wie Du bist. Hast Du Zeit dafür?"

"Immer."

Das geht runter, wie Öl. "So, fertig. Kannst Dich wieder umdrehen."

"Guten Morgen, meine Schöne." Er machte eine altmodische Verbeugung. Marga knickste. "Danke, Monsieur." Sie hakte sich bei ihm ein.

Die Kanzlei lag direkt im Zentrum der Stadt, in einem uralten vierstöckigen Haus. Im Erdgeschoss gab es eine Brasserie, was zu Ursache hatte, dass es verführerisch nach Kuchen roch. Vom Fenster im ersten Stock sah Pierre auf den Markplatz mit seinem zentralen Brunnen, auf ähnliche uralte Häuser, das Hotel de Ville, auf die Kathedrale ‚Notre Dame', auf die langweilige Glasfassade des Hauses einer bekannten Kaufhauskette und dem Verlauf der platanenbestandenen Hauptstraße. Pierre besaß die Wohnung über der Kanzlei. Der Rest stand leer, weil niemand kaufen wollte. Das ging vielen Hausbesitzern in der Stadt so. Die jungen Leute wanderten ab, die Alten waren zu arm. Eine Zwickmühle.

Das Vorzimmer beherrschte eine Matrone um die Fünfzig. Es entspann sich ein kurzer

Wortwechsel zwischen Pierre und der Matrone. Verschüchtert schlich Marga an den Beiden vorbei, in Pierres Büro. Es war modern eingerichtet, hell, freundlich. Im Rücken des mächtigen Schreibtisches, der peinlich aufgeräumt war, stand ein wandumfassendes Regal mit Büchern, hauptsächlich Gesetzen oder Gesetzeskommentaren. An herausragender Stelle alle Codes der Napoleonischen Zeit in einer Prachtausgabe zu fünf Bänden. "Setz Dich, es gibt gleich einen Espresso." Marga versank in den Polstern des massigen Ledersofas. Die Matrone brachte zwei Espressotassen und einige Aktenordner. "Ah. Darauf habe ich schon gewartet. Danke, Madame Leclerque."

"Bitte. Haben Sie noch was für mich?" Pierre dachte einen Moment nach. "Nein, Danke. Das wäre es für heute." Die Matrone verschwand. Von draußen rief sie noch: "Bis übermorgen, Monsieur."

Pierre begann konzentriert die Notas zu lesen. Marga konnte ihn in aller Ruhe beobachten, während sie den Espresso nippte. Zum Ende der Akte nickte Pierre. "Gut. Das wäre geschafft."

Er unterschrieb schwungvoll, dann griff er zu Hörer. Während er mit seinem Mandanten telefonierte, lagen die Füße auf der Tischplatte. Ab und zu lächelte er Marga zu, verdrehte die Augen, wahrscheinlich wegen einer Rückfrage und grinste sein schräges Lächeln. "Puh. Nicht einfaches Mandat", sagte er, als er aufgelegt hatte, "Wie auch immer. Das war's für heute."

"Hast Du immer so wenig zu tun?"

"Nein. Aber es ist Urlaubszeit, da ist es ruhiger. Die Leute streiten sich weniger, keiner kauft Grundstücke. Was soll man machen?"

Ins Bett gehen, dachte Marga, *mit Dir*.

"Gehen wir zu mir."

Der kann wirklich Gedanken lesen.

"Ich hatte das Haus vor drei Jahren vollständig renovieren lassen." Sie stiegen eine enge Treppe in die nächste Etage. Die Stufen knarrten anheimelnd. "Ein Heidenaufwand und immer den Denkmalschutz im Nacken. Die Treppe und das Geländer stammen noch aus dem sechzehnten Jahrhundert, wie die Türen." Sein Stolz war ganz offenbar und zeigte Marga eine weitere Seite dieses Mannes.

Marga saß auf dem großzügigen Sofa. *Erstaunlich*, dachte sie, *wieviel Platz in einem solchen Hause ist. Platz, den man von außen nie erkennen kann.* "Spaghetti?", fragte Pierre aus der Küche.

Marga liess ihre Gedanken kreisen; Wenn sie den Pierre von jetzt, mit dem vor ein paar Wochen verglich, unterschieden sie sich, wenn auch in Nuancen. Heute war er nicht der Pferdezüchter mit einer Vision, heute hatte sie einen anderen Mann vor sich. Eher einen der der Vergangenheit zugewandt war. Sie erfuhr, dass dieses Haus schon immer seiner Familie gehört hatte. Die Lacroix waren Ritter, Kammerherren, Truchsesse und Mitglieder am Hofe Ludwigs des XIV. gewesen. Die Revolution vertrieb sie aus ihren Landsitzen. Ein Nebenzweig der Familie war Advokat hier in der Stadt und während der Revolution in diesem Haus gewesen. Er, Pierres Vorfahr, schloss sich den Revolutionären an. Vertrat während der Zeit des Terrors viele Bürger vor den Volksgerichten und überlebte. Er wurde ein Mann Napoleons, zog mit ihm durch halb Europa – und überlebte auch dies. Dann liess er sich, müde geworden, endgültig in der Stadt als Advokat und Notar nieder.

Pierre wurde hier in dem Haus geboren, wuchs auf dem Landgut eines Onkels auf, kam in ein Internat in der Schweiz, studierte Jura und wollte Staatsanwalt werden. Doch dann entschied er sich – vernünftiger Weise, wie er einfügte – Notar zu werden, wie seine Vorfahren. "Es gibt schlimmere Berufe." Mit diesem Satz kam er hinter der Küchentheke hervor, zwei Pastateller in der Hand. "Essen wir erst einmal."

"Und Deine Eltern?"

"Sie leben in der Schweiz. Im Kanton Bern. Im Winter fahre ich hin. Skilaufen. Die beste Erholung hat man im Winter."

Nach dem Essen setzten sie sich auf die Couch. Marga legte eine Hand auf seinen Oberschenkel, spürte, wie er sich anspannte. Langsam, Marga kam es vor, wie in Zeitlupe, wandte er sich ihr zu, ergriff ihre Schultern, und zog sie an sich. Marga liess sich einfach fallen. Sie hatte keine Kraft für Widerstand. Der Kuss fiel lang und intensiv aus. Und seine Hände streichelten sie, schlichen sich unter ihr Top, streichelten und kneteten ihre Brüste. Die Berührung machte sie weich, nachgiebig, sie wollte mehr. Entschlossen stand sie auf, auch wenn Pierre irritiert aufsah. Doch als sie sich das Top über den Kopf zog, verstand er. Er sah ihr zu, bis sie nichts mehr anhatte. Und während sie ihn die Kleider vom Körper streifte – *schön langsam, Marga* – schmiegte sie sich fest an ihn. Pierre murmelte ihr Worte in die Haare, die sie nicht verstand. Doch es kitzelte angenehm und eine Gänsehaut kroch über ihren Rücken. Und als sie sich bückte, um ihm die Boxershirts herunterzuziehen, klopfte ihr Herz wie verrückt, die Hände zitterten. Sie drückte ihren Mund gegen sein Geschlecht, doch er zog sie zu sich hoch. "Komm", flüsterte er und zog sie an der Hand zum Schlafzimmer, "Sommersprossen suchen.".

Sie saß auf ihm, ihre Hände auf seine Brust gestützt. Seine Miene war ruhig, während die Hände über alle erreichbaren Stellen ihres Körpers glitten. Wie leichte Wellen aus elektrischer Energie fühlte es sich an. Sie spürte ihn tief in sich, so wie sie es haben wollte, doch bewegte sich Marga nicht. Sie genoss jede Sekunde dieses Gefühls tiefer Zuneigung. Als er ihr Gesicht zart streichelte, mit den Fingern jede Linie nachzog, begann sie. Erst ganz langsam um immer schneller zu werden. Dann brach ihre Geduld in sich zusammen, wie ein Kartenhaus. Jetzt wollte sie Alles! Und die Welt wurde winzigklein, bis sie nur noch ein helles Pünktchen in einer grauen Substanz war. Dann explodierte sie.

Schwitzend fiel Marga auf Pierre, der sie an sich drückte, wie wenn er Angst hätte, dass sie jetzt ginge. Doch Marga hatte keine Kraft dazu. Sie fühlte mit jeder Faser ihres Leibes übergroße Liebe zu Pierre. Und Pierre? Schwieg.

Warum sagt er nichts? War es für ihn etwa nicht so schön gewesen, wie für mich? Er streichelt mich, aber er sagt keine lieben Worte. Es muss doch irgendein verdammtes Wort geben! Danke oder sowas. Oder besser: Ich liebe Dich. Das sind die drei Wörter, die ich hören möchte. Ich – liebe – Dich! Was ist daran so schwer? Doch er schweigt.

"Pierre?" Er schrak auf. "Marga." Sie rollte von ihm herunter. Der Schweiß kühlte ihre heiße Haut. Sie blickte zur Seite. Er lag immer noch so, wie sie ihn verlassen hatte, blickte zur Decke. Und Marga erkannte, dass er noch nicht… "Oh", sie glitt dicht an ihn heran. "Warum sagst Du denn nichts, Dummerchen." Und um sicher zu sein, ob es auch wirklich so war, fühlte sie mit der Hand nach. Und blieb dort, und dann bewegte sie sie, und brauchte eine zweite Hand, und sah ihn dabei an. Und da war auch bei ihr die Lust da, so dass sie wieder auf ihm saß und ihn in sich spürte. Und dann war auch Pierre zufrieden und Marga noch einmal.

Dann zog sie die Decke über sich und Pierre, denn es wurde ihnen kühl. Und dann flüsterte er die Worte, auf die sie gewartet hatte. Und alles schien gut und in Ordnung.

Am späten Abend wachte Marga auf. Sie fühlte sich wie ein zufriedenes Kätzchen. Ihr war warm, weich, alles Samt. Von ihrem Körper ging eine angenehme Schlaffheit aus. Eigentlich verspürte sie keine Lust sich zu bewegen, doch drehte sie sich auf den Rücken. Pierres Hand, die bis dahin auf ihrer Hüfte gelegen hatte, glitt auf ihren Bauch. Sie drückte sie fest an sich und schob sie dabei etwas tiefer. Als sie den Kopf drehte, sah sie in Pierres lächelndes Gesicht.

"Abendessen", sagte er trocken. "Was meinst Du?", und stand auf. Sie blickte faul hinter ihm her wie er in das angrenzende Bad ging. Marga bewunderte seine breiten Schultern und die schmale Taille. Und auch den straffen Hintern, dann war er weg. *So nicht*, dachte sie und stand ebenfalls auf. Ihr war ein wenig schwindelig. Dann lehnte sie an der Tür zum Bad und sah zu, wie Pierre sich wusch. Er sah auf, bekam einen roten Kopf. "Das letzte Mal, dass mir eine Frau beim Waschen zugesehen hatte, war, bevor ich ins Internat ging - und das war meine Mutter."

"Macht nichts. Wenn Du willst, helfe ich Dir dabei." Marga fand, dass es ein wenig lüstern klang. "Ich meine, den Rücken und so."

"Dann bin ich für, *und so*."

"Ihr Männer seid immer so unbeholfen."

"Ich sag ja: UND SO."

"Dann mach endlich Platz! Ich muss schließlich auch!"

"Bin schon weg."

Marga liess das warme Wasser über ihr Gesicht laufen. Es stach, aber es tat gut. Auch liess das Zittern in den Knien nach. Wer hatte eigentlich angefangen? Sie oder Pierre? Pierre! Er hatte angefangen, genau! Er hatte sie geküsst und seine Hände nicht stillgehalten. Und Marga hatte nicht widerstanden. Sie wusste nicht einmal, ob sie hatte widerstehen wollen. Nein, sie wollte nicht widerstehen, denn dann hatte SIE sich vor IHM ausgezogen. Nicht umgekehrt. Da musste er ja!

Das Abendessen nahmen sie in dem Restaurant neben dem Hotel de Ville ein. Es war erstaunlich vornehm, das Essen exquisit und der Service von hoher Qualität. Pierre war bekannt wie ein bunter Hund. Ständig grüßte er Gäste, die hereinkamen oder gingen. Die Damen sahen erst ihn, dann Marga an. Marga fühlte sich ein wenig unbehaglich. Zu Hause kannte sie alle Leute. Man winkte sich zu, wünschte Guten Tag oder Guten Abend. Doch hier ging es vornehm zu. Man küsste ihre Hand. Sah sie lange an, taxierte, wer oder was sie sei. Und ein bisschen schämte sie sich für ihre Bäuerinenhände, mit den kurzen Fingernägeln und der Hornhaut auf der Handfläche. Und die Damen? Oh mein Gott, dachte sie. Was mögen die von ihr halten?

"Sag mal, sind wir hier richtig?" Marga kam sich in ihrem Sommerkleid, ihrer unaufgeräumten Frisur und ungeschminkt ein wenig deplatziert vor. Pierre lachte und meinte trocken, wie sie genau wisse, brauche sie nichts. Sie wäre schön genug, selbst in Sack und Leinen könne sie nur ein Blinder übersehen. Was für ein Wortspiel! Doch wenn er, der Blinde, seine Finger zur Hilfe nehme … Und überhaupt. Ihn interessieren nicht die Meinungen irgendwelcher eingebildeter Honoratioren und deren Weiber (Er sagte tatsächlich Weiber), sondern für ihn gelte, was er für sie empfinde.

"Und das wäre?", provozierte Marga. *Los sag es!*

"Das ich …" Er wurde unterbrochen. Ein Mann in seinem Alter, der Pierres Bruder hätte sein können, war an den Tisch getreten. "Willst Du uns nicht bekannt machen?"

"Auf keinen Fall." Pierres Miene wurde hart. Doch dann zwang er sich zu einem Lächeln: "Marga, das ist Henri. Henri, Marga." Henri beugte sich zu Marga herunter, sah ihr in den Ausschnitt, gab ihr einen Handkuss und schnupperte bei dieser Gelegenheit an ihren Haaren. "Sehr erfreut" Er setzte er sich einfach auf einen freien Stuhl. "Ich darf doch?" Henri drehte sich zum Ober und schnippte mit den Fingern. *Was für ein Arsch,* dachte Marga. Mit lauter Stimme verkündete Henri: "Wir sind alte Schulfreunde, müssen sie wissen. Und…"

"…er ist der, der mir alle meine Freundinnen ausgespannt hat."

"Nun, nun. Es waren ja nur zwei." Henri lachte laut.

"Wie geht es eigentlich Marie?"

Henris Gesicht wurde ernst. "Weißt Du denn nicht?"

"Nein. Was denn?"

"Sie ist gestorben. Vor ein paar Wochen. Ich habe Dir doch eine Todesanzeige geschickt."

"Was? Das tut mir leid. Ich habe sie wohl nicht erhalten." Damit wandte er sich an Marga: "Marie. Ein liebes Mädchen. Ich hatte gedacht, es würde was aus uns Beiden, aber sie hatte sich letztendlich für diesen Unhold entschieden." Er seufzte. "Ein Unfall?"

Henri schien nicht darüber sprechen zu wollen. "Was machen die Gäule?"

"Pferde", korrigierte Pierre, "Sie gedeihen. Dank Marga hat es gestern wieder Nachwuchs gegeben. War knapp." Henri sah demonstrativ zu Marga. Seine Augen verrieten ihn. Sie irrten über ihr Gesicht, den Busen, die Schultern und zurück. "Sie sind Tierärztin?"

"Nein", lachte Marga und setzte sich aufrecht hin. "Ich bin Bäuerin. Einfach nur Landfrau."

"Gewaltig!" Henri machte große Kuhaugen, wie alle Männer, wenn sie diesen Satz sagte.

"Sie ist Doktor der Landwirtschaftswissenschaften, mein Freund. Nicht bloß Kuhzüchterin!" verkündete Pierre stolz. "Dann stoßen wir darauf an!" Henri hob das Weinglas, das in der Zwischenzeit serviert worden war. "Auf unsere gebildeten Frauen. Es gibt immer noch so wenige davon. Wie schade!" Und Marga hob ihr Glas, sah Henri tief in die Augen und dann verliebt zu Pierre, und dachte: *Schleimer, dieser Henri, oder nicht? Recht hat er ja. Es gibt zu wenige von uns.* Was hielt sie davon ab, Henri zu übersehen? Sein gutes Aussehen!

"Was machen Sie eigentlich den ganzen Tag, wenn Sie nicht im Restaurant sitzen?" Gut, die Frage klang provokant. Sie hätte auch anders fragen können. Aber Irgendetwas musste sie sagen, sonst wäre sie geplatzt. Doch offensichtlich störte das Henri nicht im Geringsten. Er lächelte freundlich. "Banker."

"Genauer, er ist der Departement Chef der hiesigen Bank", ergänzte Pierre. "Eine gute Partie."

"Willst Du mich verkuppeln?"

Pierre sah erst zu Marga und zeigte dann auf seinen Schulfreund. "An den? Ich rate Dir ab. Er ist ein Filou."

"Na gut. Dann erzählt mir was von dieser Stadt und der Gegend und was gibt es hier zu sehen? Wo kann man was erleben? Und gibt es hier auch SCHÖNE Männer?" Marga wollte ein anderes Thema anschlagen. Und es gelang.

Der Wirt hatte sie regelrecht aus seinem Lokal komplimentiert. Nicht unhöflich, aber konsequent! Das war auch nötig. Ersten war es bereits die Uhr, Zweitens hatten sie genug getrunken und Drittens, hatte Marga schon eine Stunde vorher verkündet, dass sie müüüde wäääre. Sooo müüüde!

Jetzt hing sie kichernd zwischen Pierre und Henri. Vor der Tür zu Pierres Wohnung verabschiedete sich Henri mit einem dicken Kuss auf Margas Lippen. "Schmeckt gut", verkündete sie leicht lallend, und wurde von Piere heftig ins Haus gezogen. "Keine Dummheiten, Sommersprösschen!" Er zog sie eher die schmale, enge Treppe hinauf, als dass sie die Stufen erstieg.

Der Brummschädel weckte Marga. "Aua", verkündete sie, machte die Augen zu schmalen Schlitzen, denn das Licht des Tages tat den Augen ebenso weh, wie der Kopf. Pierre stand mit einem Glas vor dem Bett. "Gegen

Kopfschmerzen", erkläre er, hielt Marga das Glas hin. Sie trank gierig das bittere Getränk. "Aspirin", sagte Pierre. Er sah auf seine Armbanduhr. "Wie sieht's aus. Kannst Du schon aufstehen. Ich müsste eben schnell zur Farm."

"Ich kann, ich komme mit, ich beeile mich.

Henri war ein witziger Unterhalter. Er kannte sich in der Umgebung bestens aus. Seine Beschreibungen, die Erzählweise waren außerordentlich amüsant. Sie hatte viel gelacht. Pierre ergänzte Henris Erzählungen. Marga spürte, dass sie ihre Heimat liebten. Als junge Männer hatten sie lange Wanderungen durch das Zentralmassiv gemacht, waren mit den Rädern von Stadt zu Stadt geradelt. Und während Henri fotografierte, schrieb Pierre ihre Erlebnisse auf. Sie waren dicke Freunde gewesen und wollten zusammen ein Buch herausgeben. Doch dann spannte Henri Pierre die erste Freundin aus. Sie verließ zwar kurz darauf auch Henri, doch die zweite Freundin, die er kurz darauf Pierre wiederum ausspannte, tat Pierre weh. Und obwohl sich Henri immer wieder entschuldigte, so ganz verzeihen konnte er ihm nicht.

Marga hatte Pierre getröstet. "Mit mir schafft er das nicht", hatte sie Pierre ins Ohr geflüstert und der sah sie zweifelnd an. "Kannste glauben", tuschelte sie ihm, schon leicht angetrunken, ins Ohr.

Sie schrak aus ihren Gedanken, als Pierre fragte: "Was hältst Du von Henri?"

"Nett."

"Mehr nicht?"

"Mehr nicht! Nett."

Pierre seufzte. Dann musste er sich auf die Straße konzentrieren, denn eine Meute Radfahrer kreuzte eben die Straße.

"Was ist eigentlich aus euerm Buchprojekt geworden?"

"Liegt bei mir als Riesenstapel Papier, Fotos und Negative im Archiv. Ich bin nicht mehr dazu gekommen das Material zu sichten. Und es ist bestimmt schon veraltet. Jaja. Die Jugendträume."

"Ooooch. Alter Mann."

Sie fuhren in die Farm ein. Pierre parkte den Wagen kurz vor dem Stall. Erst jetzt sah er

Marga richtig an. "Oh, Du bist ja schon zünftig angezogen. Dann lass uns gehen. Wie mag es unserem neuen Erdenbürger gehen?"

Marga ärgerte sich über Pierres Unaufmerksamkeit. Ob er öfter oder immer so ist? Es sind Kleinigkeiten – noch. Doch wenn sie zusammenleben und er sich solche Kleinigkeiten immer wieder leisten würde, ob es dann gut ginge, mit ihnen? Marga stapfte hinter Pierre her. Der Stallmeister empfing sie auf dem Gang. Tag, Monsieur, Madame." Er nickte ihr knapp zu. "Was macht unser Kleines?"

"Es trinkt nicht. Es scheint, als würde Butterfly das Fohlen ablehnen."

"Darf ich?", Marga drängte sich an den Beiden vorbei zu Butterflys Box. Das Fohlen stand mit hängendem Kopf in der Ecke, seine Flanken zitterten. Der Atem ging flach. "Na. Was haben wir?" Marga drückte sich am Fohlen vorbei zu Madame Butterfly. Vorsichtig strich sie der Stute über die Nüstern und den Hals, bis sie ganz zart die Seiten streicheln konnte. Sie bückte sich um sich das Euter anzusehen. Die

Zitzen waren leicht entzündet. Marga vermutet eine Verstopfung.

"Das Euter ist entzündet", sagte Marga zum Stallmeister und Pierre. "Ich werde einen Kräutersud brauen, den wir der Stute aufs Euter auftragen." Sie notierte auf einen Zettel, was sie für den Sud brauchte. "Vorläufig genügen auch warme Umschläge."

Bis auf den Abend war Marga bei Butterfly geblieben. Die Entzündung klang ab. Sie reagierte immer noch empfindlich auf Berührung, doch nicht mehr so heftig. Das Fohlen trank gierig aus der Flasche, doch durfte es sich der Mutter nähern, ohne verstoßen zu werden. Regelmäßig gingen Pierre und der Stallmeister zur Box um zu sehen wie es steht. Auch die Mitarbeiter der Farm, wenn sie Zeit hatten, interessierten sich brennend für das Kleine. Es war nach Ansicht Margas auch zu niedlich. Nicht nur die langen, staksigen Beine und der kurze Schweif, sondern auch der ganze ungelenke Körper führte zu entzückten Ausrufen durch die Besucher. "Das wird mal ein Renner!"

Madame Butterfly stieß Marga mit dem Maul an. "Was ist?" Sie tauchte dem Lappen in den Kräutersud und drückte ihn vorsichtig auf Butterflys Euter. "Tut gut, nicht?"

"Man sieht es ihr an. Brauchst Du noch lange?", fragte Pierre.

"Nein. Es ist die letzte Lage. Noch fünf Minuten."

"Fein, ich hole Dich ab."

"Au ja. Ich habe einen Hunger. Bestell doch schon mal drei Ochsen, gut durch."

Vollkommen zerschlagen fiel sie in ihr Bett, gerade, dass sie es schaffte, sich vorher zu duschen, um den Pferdegeruch vom Körper zu bekommen. "Nacht", flüsterte sie, drehte sich auf die Seite und war schon eingeschlafen.

"Heute geht's ins Heu." Die leise geflüsterten Worte machten, dass Marga die Augen aufschlug. Im Gegenlicht sah sie Pierre, der am Fenster stand. "Das Wetter wird sich halten." Er drehte sich um, ging um das Bett herum und hielt Marga die Hand hin. ‚Ins Heu zu gehen', ging auf eine Idee Margas zurück. Eigentlich sollte es ein Witz sein. Marga hatte behauptet, dass von Hand geschnittenes Heu allemal besser wäre als das von der Maschine. Die Pferdezüchter nahmen die Idee lachend an und schlossen Wetten ab.

Der Stallmeister, Pierre, vier Helfer mit Sensen, Marga und drei Frauen, bewaffnet mit hölzernen Rechen, gingen zur Weide. "Hier", brummte der Stallmeister, "Etwa ein Hektar." Er rieb sich seine rauen Hände, stieg über den Koppelzaun und stellte sich bereit. "Los geht's."

"Wer hätte das gedacht!" rief Pierre am Abend und kletterte über den Zaun. "Eine schwere Arbeit, aber ich fühle mich gut! Feierabend!"

"Ja", sagte eine der Frauen, "Ich habe kein Gefühl mehr in den Händen. Aber ich spüre, etwas Gutes getan zu haben." Die Frauen waren den Schnittern auf dem Fuß gefolgt, häufelten das geschnittene Gras zu langgestreckten Häufchen. Morgen und übermorgen würden sie das Gras wenden, damit es durchtrocknen konnte. Müde und zufrieden gingen sie nach Hause, aßen noch ein belegtes Baguette und wollte nur noch eines, ins Bett.

Pierre schnupperte. "Du duftest nach frischer Luft und Heu", flüsterte er, als er zu Marga ins Bett stieg. Doch Marga winkte nur ab und war schon eingeschlafen.

Der andere Morgen begann mit Schmerzen im Rücken, den Armen, den Beinen und auch sonst überall. Marga stöhnte lauf auf, als sie sich erheben wollte. "Oh nein! Heute steige ich nicht aus dem Bett!"

"Ich auch", brummte Pierre, der immer noch, das Deckbett bis zur Nase hochgezogen, auf dem Rücken lag. "Kannst Du den Zimmerservice rufen?"

"Nein. Ich kann meine Arme nicht anheben."

"Dann werden wir hier verhungern."

"Tja."

"Aber wir müssen."

"Wenn Du mich ins Bad trägst, werde ich das nachher auch für Dich tun."

Sie schleppten sich gemeinsam ins Bad. "Ich danke Dir", stöhnte Marga. "Gleichfalls."

Die nächsten drei Tage vergingen mit Arbeit, Essen, Schlafen. Madame Butterfly konnte wieder auf die Koppel, ihr Fohlen immer dicht dabei. Marga und Pierre sprachen nicht viel miteinander. Pierre verbrachte viel Zeit in der Stadt. Ungewöhnlich viele Mandanten hatten Termine gemacht, er verkaufte eine Wohnung in seinem Haus und war als Sachverständiger vor Gericht geladen. Abends war er müde wie ein Hund, gab Marga einen flüchtigen Kuss und schlief schon vor dem Abendprogramm vor dem Fernseher ein. Marga schlief aus Solidarität und weil sie von der Tagesarbeit geschafft war, ebenfalls Fernsehen.

Am Freitag sagte Pierre schon zu Mittag: "Feierabend." Er baute sich vor Marga auf. "Soll ich Dir was zeigen?"

Marga war froh über Pierres Angebot. "Gerne."

"Kannst Du ohne Sattel reiten?"

"Ja."

Sie fuhren zur Koppel der ‚Musketiere'. Pierre stellte sich an den Zaun und stieß einen schrillen Pfiff auf. D'Artagnan und Portos, die an der gegenüberliegenden Seite zusammen mit Aramis, Athos und Lady De Winter standen spitzen die Ohren. Dann machte sich Portos auf dem Weg. D'Artagnan folgte ihm nickend.

Pierre öffnete das Gatter und lies die beiden Pferde heraus. D'Artagnan ging sofort zu Marga. Er schnupperte an ihrem Hals und der Brust. Offenbar zufrieden nickte er wieder mit dem Kopf. "Muss ich Dir helfen?"

"Danke." Marga griff ihrem Pferd in die Mähne und sprang ihm auf den Rücken. Pierre hatte sie beobachtet. Er nickte nur, als wenn er es nicht anders erwartet hätte.

Er wendete Portos und ritt den Feldweg an den Pferdekoppeln entlang. Neugierig kamen die Pferde an die Zäune gelaufen. Marga stieß D'Artagnan die Fersen in die Seite. Mit den Oberschenkeln lenkte sie das Pferd. D'Artagnan folgte willig ihren Kommandos. Er trabte den Weg hoch, bis sie Pierre erreicht hatten. Da Marga nur ihr Kleid, und darunter einen Stringtanga trug, hatte ihre Haut einen direkten Kontakt zum warmen Pferdekörper. Es war angenehm und erinnerte sie an die Zeit als junges Mädchen, wo sie damals schon mit kurzen Shorts und ohne Sattel auf den Pferden geritten war. Nur war das Gefühl heute intensiver -

Der Weg kam ihr bekannt vor. Er führte direkt zur Lichtung mit dem kleinen Teich.

"Das ist es", verkündete Pierre stolz. "Hier habe ich einen großen Teil meiner Jugend verbracht."

"Schön. Sehr schön." Pierre und Marga stiegen ab.

"Ich war neulich hier, als es geregnet hatte." Pierre sah sie erstaunt an. "Im Regen?"

"Ja, verrückt. Es ist über mich gekommen. Und es war wunderbar. Die Luft war warm, der Regen."

"Schade, dass es heute nicht regnet." Er schob die Tiere an eine Stelle, an der sie in Ruhe grasen konnten. Dann nahm er Marga an die Hand und führte sie zum Teich. "Wollen wir?"

"Ja. Gerne."

Hand in Hand gingen sie langsam ins Wasser. Der Teich war an der Oberfläche warm, dennoch bekam Marga eine Gänsehaut. Pierre bückte sich plötzlich und nahm sie auf die Arme. Marga wurde ganz schwach. Es war ein ganz intensives Gefühl, wie sie da ins Wasser getragen wurde. Sie umarmte Pierre, schmiegte sich an ihn, bis sie ganz im Wasser standen und nur noch ihre Köpfe über der Wasseroberfläche waren. Jetzt umklammerte sie Pierre mit Armen und Beinen, sie küssten sich lange und intensiv. Da Marga fühlte, wie erregt Pierre war – und sie auch – flüsterte sie ihm ins Ohr: "Nicht hier."

Pierre rannte, Marga immer noch in den Armen, aus dem Wasser. Er setzte Marga ins Gras und hockte sich vor sie. Dann liess er sich auf den Rücken fallen. "Puh!"

Samstagabend war Marga allein. Sie war mit Pierre in die Stadt gefahren, ging nachmittags auf den Markt um einzukaufen. Pierre rief an. Er musste in die Schweiz, seiner Mutter ging es schlecht. Zu Hause fragte er sie: "Willst Du mitkommen?"

Doch Marga brauchte Zeit für sich allein. Sie schüttelte den Kopf. Auch wenn Pierre vielleicht enttäuscht war, er liess es sich nicht anmerken. Und noch eines liess Marga das Angebot ablehnen: Die Zeit, die sie sich für Jaques und Pierre gesetzt hatte, war abgelaufen. Das musste Pierre nicht unbedingt wissen. Sie schützte ebenfalls Termine vor. Am Abend hatten sie noch einen Quickie, wie Pierre es respektlos nannte, und Marga war irgendwie ernüchtert.

Pierre brachte Marga am anderen Morgen noch zu ihrem Auto. Er fuhr, eine Staubwolke aufwirbelnd, ab. Marga sah ihm vom Fenster aus nach. Sie nutzte die Zeit bis zur Abfahrt um sich von den Pferden und dem Stallmeister, der sehr freundlich war, zu verabschieden. Dann fuhr auch sie ab.

JOSEPH

Marga hatte nicht angerufen. Warum auch? Irgendwie würde Joseph schon herausbekommen, dass sie hier war. Es war schon dunkel. Sie stellte das Auto in der Garage ab. Ihr Rover war auch schon da. *Guter Joseph*, dachte sie, *und guter Phillip*.

Müde und hungrig stieg sie die Treppe ins Gästezimmer hoch, stellte ihre Tasche ab und setzte sich auf den Balkon. Sollte sie Joseph doch anrufen? Aber vielleicht störte sie ihn bei

Irgendetwas? Sie stand auf, ging nach unten in die Küche. Im Kühlschrank fand sie etwas zu Essen und einen Zettel.

‚Falls Du Hunger haben solltest, bei Deiner Rückkehr. Guten Appetit. Joseph.

P.S. Dein Rover steht in der Garage. Phillip ist bezahlt, also keine Sorge. Melde Dich, wenn DU zurück bist. P.

P.S.P.S. Ich mag Dich sehr. Fahr nicht weg, ohne mit mir gesprochen zu haben.‘

Marga musste lächeln. *Gut, mache ich morgen. Heute möchte ich mich erst einmal ausschlafen.*

Pierre sollte noch erfahren, wo sie war, dann ins Bett! Sie schrieb eine SMS: ‚Hallo Pierre, ich bin wieder im Süden. Schließlich muss ich den SLK zurückgeben. Ich rufe Dich übermorgen an. Bis dahin‘ – *Küsschen? Ich liebe Dich? Bis bald? Was schreibe ich drunter?* – ‚Marga‘ *Marga reicht erst mal.* Sie klappte ihr Mobile zu, legte es in den Wandschrank zur Kleidung. Nein, sie wollte keine Rückrufe, keine SMS. Und dann liess sie sich ins Bett fallen, und war sofort eingeschlafen.

Die Sonne stand schon hoch, als Marga erwachte. Sie lag auf dem Bauch und schwitzte. Und hatte das Gefühl, als wenn sie beobachtet würde. Ein eiskalter Schauer lief ihr über den Rücken. Wer…?

"Marga?" Marga atmete auf. Mairi!

"Seit wann bist Du denn hier? Ich habe Dich nicht kommen gehört."

Marga drehte sich auf den Rücken. "Seit gestern. So gegen zehn?"

"Ah so. Ich bin erst gegen elf gekommen." Mairi sah auf Marga. "Weißt Du, wie schön Du bist", fragte sie leise. Doch Marga wollte darauf nicht antworten. Sie ging davon aus, dass sie aussah, wie jede andere Frau. Was hat Mairi plötzlich? Sie setzte sich auf, zog die Decke über die Brust, weil Mairi sie immer noch so seltsam ansah. "Ich habe das Auto zurückgebracht", lenkte Marga ab, "Hast Du es nicht gesehen?"

"Nein. Ich parke draußen, vor dem Haus."

"Wo steckt eigentlich Joseph?"

"In Amerika. Washington."

"Was macht er denn da?", fragte Marga, als sie ins Bad ging.

"Keine Ahnung. Hat er nicht geschrieben. Geschäfte vielleicht?"

"Was denn für Geschäfte?"

Mairi war ihr gefolgt und lehnte an der Badtür. "Er hat nichts gesagt. Nur, dass es ʻne Woche dauern soll."

"Äh, Mairi, kannst Du – "

"Oh, klar." Mairi ging zurück ins Zimmer. Doch Marga hatte vergessen, die Scheiben auf ‚blind‘ zu schalten. Mairi tat es für sie. "Danke, Mairi!"

"Seit wann -?"

"Vorgestern. Willst Du wieder abreisen?"

"Soll ich?"

"Nein." Mairi lachte. "Wenn Du mit mir vorliebʻ nimmst - solange." Nun, dachte Marga, vielleicht eine Gelegenheit Joseph auf andere Art kennen zu lernen. "Und Dein, wie heißt er doch gleich?"

"Pasquale."

"Ja."

"Hat zu tun." Es klang hohl, wie Mairi es sagte. "Wollen wir frühstücken?"

Marga kam aus dem Bad. Sie suchte in der Tasche nach frischer Kleidung. "Ah, hier." Sie zog einen Stringtanga an. Dann hob sie ein dunkelblaues Kleid und hielt es vor die Brust. "Was meinst Du? Geht das so?"

"Klar."

Sie gingen zur Küche und bereiteten gemeinsam ein einfaches Frühstück. Als sie an ihren Croissants kauten, fragte Mairi: "Was hältst Du von Joseph?"

"Sag Du's mir."

"Er ist mein großer Bruder. Ich liebe ihn. Er ist ein guter Junge." Mairi hielt nachdenklich inne. "Wie soll ich sagen…?"

"Er ist doch nicht schwul?"

"Nein. Bei Gott! Er ist sozusagen – Frauen - gegenüber – zurückhaltend."

"Das habe ich gemerkt. Doch warum?"

"Keine Ahnung. Er spricht nicht darüber."

Sie schwiegen. *Frauen gegenüber zurückhaltend. Soso. Aber er ist doch lieb, nett, aufmerksam, locker und humorvoll. Alles, was Frau sich wünscht. Abgesehen davon, dass er verdammt gut aussieht. Schlimmer noch. Er ist eine Perle, denn Selbstlos kommt noch dazu.*

Das glaubt mir doch kein Mensch! Irgendwas muss er doch haben. Schüchtern? Nein! Marga seufzte. Sie wurde aus den Gedanken gerissen. "Was machen wir heute?"

"Ich möchte ans Meer. Den ganzen Tag baden, herumliegen, Caipiriña trinken und faulenzen."

"Bin dabei. Und ich weiß schon wo!"

"Das ist doch viel zu teuer hier", flüsterte Marga. "Pah! Das Martinique ist gerade angemessen genug." Mairi lachte. Sie stiegen die Treppe zum Hotelstrand hinunter. Unten empfing sie ein junger Mann im dunklen Anzug. "Der Ärmste. Der muss doch schwitzen!" Mairi nannte ihre Namen. Er blickte in eine Kladde. "Oh, Madame. Schön, sie hier begrüßen zu dürfen." Er sah an Marga herunter. "Meine beste Freundin."

"Verstehe. Hier entlang. Ich darf vorgehen?" Er führte sie zu einer Gruppe von Sesseln und Liegen, die um ein Tischchen gruppiert waren. Ein Sonnenschirm beschattete den Platz. "Haben die Damen keine Badetücher?"

"Nein. Es war ein spontaner Einfall."

"Ah ja, ich kümmere mich darum. Was soll ich zu trinken bringen?"

Jede mit einem Glas Caipiriña bewaffnet hatten sie die Liegen eingenommen. Natürlich gab es Umkleidekabinen und Marga erzählte ihrer neuen Freundin, wie sie sich am Strand von Cannes umgezogen hätte. Mairi lachte herzlich. "Und er hat wirklich nicht hingesehen?"

"Hat er nicht."

Marga begann sich zu erholen. Natürlich kreisten Ihre Gedanken um Joseph. Sie versuchte, ihn sich vorzustellen. Seltsamer Weise erschien immer ein Bild von Pierre vor ihrem geistigen Auge. Sie drückte die Oberschenkel zusammen, denn sie überkam eine unbändige Lust. *Ob das am Wetter liegt? Oder eher an den Erinnerungen an ein paar schöne Stunden?*

Sie waren noch ein Stück um den kleinen Wald und den Teich geritten, nachdem er sie auf die Wiese getragen hatte.

"Komm, wir reiten noch ein Stück um den Teich", hatte er gesagt. "Aber …" Sie zeigte an sich herunter. Sie waren immer noch nass und nackt.

"Na und? Wir sind hier ganz allein. Kein Mensch kommt hierher." Sie waren auf ihre Pferde gesprungen und sanft um den Teich getrabt. Das Gefühl war einmalig! Pierre ritt dicht neben ihr, sah zu ihr herüber. Und wenn sie zu ihm blickte – mon dieu! "Ich möchte mit Dir …"

"Jetzt?", fragte er.

"Sofort!"

Dann lagen sie im Gras und Marga bekam, was sie wollte.

Sie atmete tief ein. Die Erinnerung war wirklich überwältigend. Und die Erfahrung, *ES* in Gottes freier Natur zu tun. Es war heimlich, spannend und lustvoll! Und die Pferde standen in der Nähe und grasten.

"Was ist?" Marga wurde aus ihren Gedanken gerissen. "Langweilst Du Dich?"

"N-nein."

Mairi hatte den Kopf zu Marga gedreht. "Aha. Schöne Erinnerungen", sagte sie anzüglich, worauf Marga einen roten Kopf bekam. "Ich hab's doch gesagt!", triumphierte Mairi. Sie sah wieder zum Meer. "Gehen wir baden?"

"Gerne." Marga musste sich abkühlen.

"Erzählst Du's mir?" Doch Marga schüttelte den Kopf. "Auch gut." Es klang nicht im Mindesten enttäuscht.

Als es dämmerte, verließen sie den Strand. In einer Seitenstraße fanden sie ein kleines, nettes Restaurant, in dem sie zu Abend aßen. Mairi erzählte über sich. Eine schier endlose Geschichte von Liebe, Enttäuschung und dem seltsamen Gebaren und Ansichten der Männer. Marga klingelten die Ohren. Nach der Masse ihrer Affären müsste sie hundert Jahre alt sein, dachte Marga amüsiert. Aber bei all den Erlebnissen, war sie eine wahre Frohnatur geblieben. "Ach, Männer! Was soll man dazu sagen?"

Marga zuckte mit den Schultern.

"Nimm sie, genieße sie. Und wenn sie gehen – lass sie gehen." Mairi zuckte mit den Schultern.

"Hast Du nie einen Mann geliebt?"

"Doch." Mairi machte eine lange Pause, als müsse sie in ihren Erinnerungen kramen. "Doch. Da war einer", und trank aus ihrem Glas. "Ein wirklich schöner Junge. Dunkelhaarig, breite Schultern. So ein Sportlertyp. Auf sowas fallen wir ja immer herein. Wir haben jeden Tag zusammen geschlafen. Er hatte so ein …" Mairi zeigte zwischen den Händen, wie groß. "Nein!", rief Marga amüsiert. "Na, oder so." Jetzt war er nicht einmal länger als der kleine Finger. Sie lachten, bis ihnen die Tränen kamen.

"Jedenfalls", sagte Mairi, noch immer glucksend, "Eines Tages war er weg. Am Abend sah ich ihn in einer Bar mit einer anderen."

"Und, was hast Du getan?", fragte Marga neugierig.

"Nichts Bedeutendes. Ich habe ihm ein Glas Cola in die Hose gegossen."

"Mehr nicht?"

"Er fragte, was das soll? Da habe ich ihm erklärt, dass ich hoffe, es würde *ihm* beim Wachsen helfen." Sie lachten so laut, dass sich die Gäste zu ihnen umdrehten.

"Ich glaube wir müssen gehen", flüsterte Mairi. Und wieder kicherten sie.

Ein Taxi brachte sie zu Josephs Haus. Als sie mit knirschenden Schritten über den Kiesweg gingen, fragte Marga: "Sag, wohnst Du nicht in Paris?"

"Ja. Ich mache Urlaub von der Stadt. Brauche etwas Ruhe." Sie betraten das Haus. Die Nacht war lau und still. "Komm, wir gehen noch auf die Terrasse." Sie setzten sich in die bequemen Sessel.

"Ich habe eine Galerie in Paris. Nichts Großes. Vielleicht habe ich sie, um die Langeweile zu vertreiben."

"Langeweile? Du?"

"Früher besaß ich eine Kanzlei. Ich bin wie Joseph Rechtsanwältin. Aber der Stress, die Termine, Ärger mit den Mandanten – ich habe aufgehört, als eine Mitarbeiterin großen Mist gebaut hatte. Das war zu der Zeit, als unsere Eltern verschwunden waren."

"Tut mir leid."

"Oh, muss es nicht. Mir geht es gut. Irgendwie habe ich es verwunden – obwohl, es schmerzt immer noch." Marga legte ihre Hand auf Mairis Schulter. Marga hatte noch nie die Schulter einer Frau berührt. Es war anders als bei René oder Pierre. Runder, weicher. Ihre Knospen richteten sich auf, als Mairi ihre Hand auf die ihre legte. Margas Puls erhöhte sich, sie spürte, wie sich ihr Busen mehr hob und senkte als normal. Mairi war aufgestanden, zog Marga vom Sessel hoch. So eng standen sie sich gegenüber, dass sie den Duft der Andern rochen, den Köper spürte, die Hitze, die von ihnen ausging.

Sie lagen auf Margas Bett. Mairis Hand streichelte zart Margas Rücken. Sie hielt die Augen geschlossen, fühlte Mairis süße Brüste an den ihren und schmiegte sich an ihre Freundin. Mairis runder Po straffte sich in Margas Hand, als sich ihre andere zwischen den Oberschenkeln verirrte. Heiß war es und feucht und bereit.

Die Frauen verloren sich in Berührungen, Streicheleien und Körperlichkeit, bis sie immer noch aufgeregt, schwitzend und glücklich voneinander abließen. Dann lagen sie sich gegenüber und lächelten sich an. Mairi flüsterte: "Das bleibt unser süßes Geheimnis." Und Marga nickte. "Ich hatte noch nie …", flüsterte sie. "Ich auch nicht." Und dann begannen sie noch einmal von vorn.

Als Marga erwachte, roch sie ihre Freundin. Dieses geheimnisvolle Parfum, etwas Schweiß und Frau. Und sie spürte deren Körper an ihrem Rücken. Mairi atmete tief und gleichmäßig. Sie hatte den Arm um Marga gelegt und hielt sie fest, wie wenn sie Angst hätte Marga zu verlieren. Marga rührte sich nicht. Sie ließ den gestrigen Abend Revue passieren. Erstaunlich, dachte sie, es war gar nicht so abstoßend, wie sie immer gedacht hatte. Im Gegenteil. Sie hatten als Frauen etwas miteinander geteilt, was sie mit Männern nicht teilen konnten. Was es war, dass wusste sie nicht zu erklären. Es war etwas Anderes, Intimeres, Schöneres. Vorsichtig löste sich Marga aus Mairis

Umarmung und schlich ins Bad. Als sie sich die Zähne putzte, sah sie, das Mairi munter war und sie beobachtete.

"Ich möchte Dich fotografieren."

Marga spuckte das Wasser aus. "Wie jetzt?"

"Einfach so. Lass uns heute durch die Gegend ziehen. Ich fotografiere, Du posierst. Und dann stellen wir die Bilder aus. In meiner Galerie. Das wird ein Riesending!"

"Aber – ich bin überhaupt nicht -"

"Bist Du. Du bist wunderschön und eine Figur – *mon dieu*! Und ich wette, dass Du talentiert bist."

Wette verloren, dachte Marga. *Aber warum nicht?* "Unter einer Bedingung."

"Die wäre?" Marga war fertig. Sie hatte auf das Duschen verzichtet und sich mit einer Katzenwäsche zufriedengegeben. "Du verrätst mir den Namen Deines Parfums und …"

"Und?"

"…und erzählst mir mehr von Joseph."

"Geht klar." Sie begegneten sich an der Badtür. Beim Vorbeigehen berührten sich ihre Körper und Marga musste aufatmen. Aber auch Mairi seufzte auf und beeilte sich ins Bad zu kommen. Während sich Mairi wusch, zog sich Marga an. Der Morgen versprach Wärme und viel Sonne. Also zog sie einen Bikini unter ein himmelblaues Kleid aus dünner Baumwolle. Und während sie sich anzog, sah sie der nackten Mairi bei der Toilette zu und wäre am liebsten hineingegangen, um Mairis feste Brüste zu streicheln und zu spüren, wie sich ihre Knospen in ihre Handflächen drückten. Sie schüttelte den Kopf, um das Bild aus ihrem Gehirn zu verscheuchen.

"Fertig", verkündete Mairi. "Ich ziehe mir schnell etwas Anderes an und hole meinen Fotoapparat." Sie schnappte sich ihre Sachen, und schlüpfte aus Margas Zimmer. Marga hörte, wie Mairis nackte Füße über den Marmorboden tapsten.

In Grasse frühstückten sie vor einem winzigen Café in einer engen Gasse. Touristen strömten vorbei. Gelassen saßen sie auf den Metallstühlchen. Immer wieder fanden sich ihre Blicke und tauschten wortlos ihr intimes Geheimnis.

"Und jetzt?"

Mairi führte sie in den *Jardin des Plantes*. "Hier fangen wir an. Geh mal zu dieser Platane." Marga fühlte sich merkwürdig. Sicher hatte sie Fotos von sich, aber sie hatte noch nie posiert. "Lehn' Dich gegen den Stamm", forderte Mairi. "Und sieh zu mir!" Marga tat wie geheißen und mit einem Mal machte es ihr Spaß. Sie lehnte sich gegen den Stamm, drehte sich um ihre Achse, umarmte die Platane, lächelte, war ernst, hob den Rock ihres Kleides ein wenig an, dass man ihre Oberschenkel sehen konnte, bückte sich um einen Blick in ihren Ausschnitt zu gewähren. Und Mairi schwieg und knipste.

"Dein Bruder fotografiert auch, nicht wahr?"

"Ja. Er bevorzugt Landschaften, Häuser und sowas. Ich mag mehr Menschen. Sie sind so interessant."

In einer Pause sahen sie sich die Fotos auf dem Display an und waren stolz, denn es waren wirklich gute Bilder dabei. "Und jetzt durch die Stadt und danach ans Meer!"

Abends saßen sie vor dem großen Fernseher und sahen sich die Ergebnisse ihrer Fotoreise an. Marga an der Platane, vor der Platane.

Marga in einer Gasse im Gegenlicht, Marga streichelt einem Kind den Kopf, Marga ersteigt eine Treppe, Marga am Meer, mit den Füßen im Wasser. Marga im Bikini, oben ohne. Marga nackt am, im, unter Wasser. Marga vor den Bergen; bekleidet, halb- und unbekleidet. "Unglaubliches Material", sagte Mairi, "Nur habe ich keinen Titel. Noch nicht." Marga war zufrieden. Erst kam es ihr seltsam vor, zu posieren, doch nach und nach fiel es ihr leichter. Sie vergaß einfach, dass sie vor einer Kamera stand. Zuerst hatte es sich angefühlt, als würde sie neben sich stehen. Doch dann war es, dass sie sich als Frau fühlte, dass sie sich im Klaren war, bewusst wurde, schön zu sein (makellos, sagte Mairi – die nach Margas Ansicht übertrieb). "Darf ich ein paar Fotos an Joseph schicken?"

Marga überlegte. "Bitte nicht. Noch nicht."

Marga saß allein auf dem Chaiselongue und sah aus den weit offenen Fenstern auf den Himmel, der im Osten schon dunkel war. In der Ferne flimmerte das Meer. Ein warmer mediterraner Sommerabend brach an; Die

Zikaden erwachten und begannen ihr eintöniges Konzert. Manchmal sang da Vogel. Der Lärm der Autos, die die Leute zum Feierabend nach Hause brachten, tobte hinten den Bergen und Hügeln, und war hier oben kaum noch zu hören. Stille war, als lebten sie weit, weit entfernt von jeder Zivilisation.

Mairi hatte sich in Josephs Arbeitszimmer verzogen, um die Bilder zu sichten und eine Vorabauswahl zu treffen. Noch litt Marga nicht unter der Untätigkeit. Sie hatte schließlich fünf Jahre ohne längere Unterbrechung gearbeitet.

Jetzt war die Zeit des Nachdenkens. Pierre schrieb aus der Schweiz. Seiner Mutter ginge es wieder besser, er wolle aber noch ein paar Tage bleiben. Ob sie denn kommen wolle? Nein, noch nicht. Marga fühlte; Da war etwas. Was auch immer. Nur ein vages Gefühl, dass sie zaudern ließ.

Bevor sich Mairi in das Arbeitszimmer verzogen hatte, rief Joseph an. Er sei unterwegs in die Heimat. Nie wieder Amerika, sagte er. Die Frauen waren gespannt, was er mit diesem Satz meinte. Mairi vermutet das Essen, Marga machte das Wetter verantwortlich.

Der Kies der Auffahrt knirschte unter den Rädern eines Autos. Marga trat neugierig auf die Terrasse. Joseph! Als er aus der Taxe stieg, sah er nach oben und winkte Marga zu. Der Fahrer hob einen Luftkoffer aus dem Fond. Marga sah, dass Joseph sich bedankte und auf den Eingang des Hauses zuging. Sie lief auf den Flur, rief nach Mairi, die neugierig zur Tür herausschaute. "Joseph? Schon da?"

Mit weit ausgebreiteten Armen kam Joseph auf Marga und Mairi zu. "Endlich wieder zu Hause!" Er umarmte seine Schwester, gab ihr einen leichten Kuss auf die Wange, dann wandte er sich Marga zu. "Marga", hauchte er. Seine Umarmung liess Marga verschwinden.

"Ich bekomme keine Luft!" Doch da verschloss ein Kuss Margas Lippen. Und sie widerstand nicht und gab den Kuss zurück.

"Ähm, Marga? Joseph?"

Langsam trennten sich die Beiden. Marga versuchte ihre Tränen zu verbergen und Josephs Gesicht strahlte wie ein neuer Mond.

Mairi stemmte die Fäuste in die Hüfte. "Was machst Du schon hier? Ich denke, Du seiest noch ‚unterwegs‘?"

"War ich auch. Ich wusste nur nicht, dass ihr Beiden *hier* seid. Ich glaubte Dich in Paris und Dich", er drehte sich zu Marga, "weit, weit weg im Norden." Er nahm Marga um die Hüfte. "Ich freue mich riesig." Er gab ihr einen Kuss auf die Wange. "Aber zuerst muss ich mich frisch machen und dann gehen wir etwas Ordentliches essen! Ich habe eine Menge zu erzählen." Er sah auf Marga herunter. "Und zu feiern!" Mit großen Schritten nahm er die Treppe ins obere Stockwerk.

"Ich erkenne meinen Bruder nicht wieder." Mairi stieß Marga mit dem Ellenbogen an und grinste über das ganze Gesicht. Dann wurde sie ernst. "Er liebt Dich."

Marga konnte nur seufzen. Seine Umarmung hatte so gutgetan. Er war voller Wärme und seine Freude, sie hier zu sehen, teilte sich Marga unmittelbar mit. Ein so großes Glücksgefühl durchströmte sie, wie sie es bei Pierre noch nie gespürt hatte. Sie schlug die Hände über dem Mund zusammen, um nicht vor Glück aufzuschreien. *Er liebt mich! Er liebt mich,* wiederholte sie in Gedanken immer wieder.

"Mach es ihm nicht so leicht", flüsterte Mairi mit Verschwörermine und drohte mit dem Finger. Sie zog Marga nach oben. "Komm, wir müssen uns fertigmachen, für die große Feier."

Cannes Prachtboulevard *Croisette* strahlte mit dem Mond und den Sternen am glasklaren Nachthimmel um die Wette. Marga, Mairi und Joseph saßen gleich vorn auf der Terrasse eines der vornehmen Hotels, nachdem Joseph mit dem Concierge und dann mit dem Oberkellner gesprochen hatte. Es herrschte eine aufgeregte Stimmung in der Stadt, denn heute würde das ,Festival d'Art Pyrotechnique' stattfinden. Wer Zeit hatte, sicherte sich rechtzeitig einen guten Platz. Denn wer reich war, saß bei einem Glas Champagner erwartungsvoll auf den Balkonen seines Hotels. Die Anderen bevölkerten die *Croisette* und waren mit Stühlen angerückt, um ihren Claim abzustecken.

Mairi fragte: "Hast Du keinen Jetlag?"

"Ein wenig schon. Aber diese Veranstaltung lasse ich mir auf keinen Fall entgehen. Zumal ich mit zwei schönen Frauen angeben kann!"

Sie lachten und stießen mit den Champagnergläsern an.

"Ich hatte schon davon gehört. Es soll fantastisch sein."

"Das kann man wohl sagen, Marga! Ich versuche jedes Mal dabei zu sein. Gut, dass es heute noch geklappt hat." Joseph drückte unter dem Tisch Margas Hand, die den Druck erwiderte. Mairi sah sie beide an und griente ihr schräges Grinsen. "Was?", fragten Marga und Joseph gleichzeitig.

Joseph berichtete von seiner Reise. "Nie wieder Amerika!", verkündete er. "Die Reise hat kaum etwas gebracht. Die sind so mit sich selbst beschäftigt, dass ich mit meinem Anliegen überhaupt nicht angekommen war."

"Was wolltest Du dort."

"Geld, Spenden für meine Stiftung akquirieren. Es geht um leukemiekranke Kinder. Es gibt hier einige Atomkraftwerke, die in amerikanischer Hand sind. Und ich wollte – nun - die Eigentümer ein wenig beteiligen."

"Oh, es geht los!" Die erste Salve des Feuerwerks krachte über die Bucht.

Sie blieben noch sitzen, nachdem die Veranstaltung zu Ende war. "Ich bin noch gar nicht müde", verkündete Marga. "Haben wir noch Champagner?" Joseph schenkte ihr ein.

"N' Abend." Ein Mann war an ihren Tisch getreten. Er war um die Mitte vierzig, sah aber älter aus, mit seiner verlebten Gesichtshaut. Seine hellen Hosen waren verknittert und ein mächtiger Bauch verhinderte, dass der Mann sein Jackett schließen konnte. Schweiß lief ihm an den Schläfen herab. Joseph erhob sich langsam. "Sie wünschen?", fragte er tonlos.

"Monsieur Joseph. Ich freue mich, sie hier zu treffen." Er wandte sich zu den Frauen. Eine leichte Verbeugung. "Johnson, Bill W. Johnson." Johnson sprach mit einem deutlichen amerikanischen Akzent. Er grinste Joseph an, dessen Blick hart geworden war. Aus seinen Augen schossen regelrecht Blitze. Marga bekam ein ungutes Gefühl, denn von diesem Mister Johnson ging etwas Bedrohliches aus. Sie sah zu Mairi, die mit ernstem Gesicht mit den Schultern zuckte.

"Können wir reden?", fragte Johnson.

"Worum es auch immer geht, Mister Johnson, ganz sicher nicht hier und nicht jetzt. Kommen Sie morgen in mein Büro. Gegen zehn Uhr." Er hielt dem Mann seine Hand hin. "Gute Nacht, Mister Johnson. Hat mich sehr gefreut." Das klang nicht freundlich. Marga war, als würde sich zwischen den Männern eine Wand aus eiskaltem Frost erheben. Sie bekam eine Gänsehaut. Und auch Mairi sah besorgt aus.

Johnson blieb noch einen Moment unbewegt stehen, dann griff er nach Josephs Hand und schüttelte sie, als wäre nichts zwischen ihnen. "Bis Morgen also. Ich werde pünktlich sein." Er verließ die Terrasse und war verschwunden.

Joseph setzte sich langsam. Er schüttelte den Kopf, als würde er etwas nicht begreifen. Bevor Marga oder Mairi Fragen stellen konnten, winkte er ab. "In Ordnung. Das war also Johnson. Nicht wichtig. Lassen wir uns den schönen Abend nicht verderben." Er lächelte, hob sein Glas. "Auf Marga. Und auf Dich, liebe Schwester. Ich hoffe, ihr habt euch nicht allzu sehr gelangweilt, ohne mich?" Die beiden Frauen schüttelten ihre Beklemmungen ab. Sie tauschten lächelnd wissende Blicke, dann erzählte Mairi von ihrer Foto Idee. "Das ist ja großartig! Darf ich die Fotos sehen?"

"Was meinst Du, Marga?"

"Auf keinen Fall!"

"Prima. Gleich, wenn wir wieder zu Hause sind." Joseph nahm Margas Hand und küsste ihre Finger. "Ich freue mich schon."

"Genüge ich Dir nicht in Natur?"

Joseph sah sie schweigend an worauf Margas Herz schneller schlug.

"Ich bin müde", verkündete Mairi. "Was ist? Gehen wir?"

Das Taxi fuhr bis zum Tor vor. Arm in Arm gingen sie über den Kiesweg zum Haus. "Habt ihr gesehen?", flüsterte Mairi. "Da stand ein Auto, mit Leuten drin."

"Hab ich. Ich werde mich gleich darum kümmern und die Gendarmerie bitten, nachzusehen."

Sie traten ins Haus. Alles war still, das automatische Licht ging an. Sie mussten blinzeln. Sofort holte Joseph sein Mobile hervor. Mit der Hand winkte er den Frauen, dass sie in das Wohnzimmer gehen sollten.

Kaum war er zurück, fuhr ihn Mairi an: "Was soll das? Um was geht es? Was will dieser Johnson und was die Männer da draußen?"

"Ich habe keine Ahnung." Joseph ging in die Küche. "Wollt ihr was trinken?"

"Ja. Aber Du hast noch nicht geantwortet." Marga schwieg gespannt. Um was ging es hier? Spionage, Mafia? Es war alles so seltsam. Nur die Ruhe, die Joseph ausstrahlte, als ginge ihm das Ganze nichts an, machte, dass sie nur wenig beunruhigt war.

Inzwischen war es zwei Uhr geworden. Offenbar hatte Joseph keine Lust auf Mairis Frage zu antworten. Sie öffnete gerade den Mund, als es klingelte. Joseph griff nach der Fernbedienung und drückte ein paar Knöpfe. "Ja?"

"Sergeant Roux. Monsieur Faure, wir haben hier zwei Personen, die behaupten, zu Ihrem Schutz hier zu sein."

"Ich komme, Sergeant. Bringen sie sie rein." Er stand auf. "Sch…Amerika." Dann ging er ins Entree.

"Verstehst Du irgendetwas davon?" Mairi hob hilflos die Hände. "Er erzählt mir doch sonst

Alles." Durch die gläsernen Wände sahen sie drei Gendarmen, die zwei Männer in dunklen Anzügen begleiteten. Sie hörte die tiefen Stimmen der Männer. Joseph schüttelte den Kopf, es wurde lauter und dann wieder leiser. Zu guter Letzt salutierten die Gendarmen, verabschiedeten sich und verschwanden. Joseph ging mit den Männern im Anzug nach oben.

"Ob wir …" Mairi war ganz aufgeregt.

"Tun wir 's einfach."

Oben im Flur gingen sie den Stimmen nach. Joseph stand mit unter der Brust gefalteten Armen an der Tür zum Arbeitszimmer. Er sah die Frauen kommen und nickte ihnen zu.

"Was geht hier vor?" Mairi hatte sorgenvoll die Augenbrauen zusammengezogen. Sie versuchte einen Blick in den Raum zu erhaschen. Kurz erkannte sie, wie die Anzugträger einen Koffer untersuchten. "Sie suchen Konterbande, wie sie sagen."

"Wie das?"

"Habe ich wohl irgendwas aus den Staaten eingeschleppt."

"Wer sind die?" Margas Frage war drängend. Das Herz schlug ihr bis zum Hals.

"DGSE. Geheimdienst. Sie folgen diesem Johnson - ihr erinnert euch - seit wir aus Washington abgeflogen waren. Irgendetwas Geheimes hat der Kerl mit meiner Hilfe rausgeschmuggelt."

"Stehst Du unter Verdacht?"

"Zum Glück nicht."

"Monsieur?" Einer der Anzugmänner war zur Tür gekommen. "Kennen Sie das? Ist das Ihrer?" Er hielt in seinen behandschuhten Händen einen gelben Umschlag hoch.

Joseph schüttelte den Kopf. "Nein, Monsieur."

"Dann haben wir, was wir suchen. Aber wie ist der an ihren Koffer herangekommen?"

"Ich war nicht immer auf meinem Zimmer. Da gibt es viele Möglichkeiten."

"Da haben Sie Recht. Vielen Dank für Ihre Kooperation." Er wandte sich an seinen Kollegen. "Gehen wir."

"Ich bringe Sie noch zur Tür."

"Danke." Er kramte in seiner Jackentasche, zog ein Mobiltelefon aus der Seitentasche.

"Bitte nehmen Sie dies, damit wir diskret Kontakt mit ihnen aufnehmen können." Er nickte den Frauen zu. "Au revoir, Mesdames. Und entschuldigen Sie die Störung." Er wandte sich noch einmal an Joseph. "Wenn dieser Johnson Kontakt mit Ihnen …"

"Melde ich mich. Schon klar."

"Oh Mann! Das hatte mir gerade noch gefehlt!" Sie saßen um den Tisch im Wohnbereich. "Und nun erzähle!", forderte Mairi, "Die Kurzversion genügt."

Der Saal des 'Sky Live Travel'-Hotels war festlich amerikanisch geschmückt. Blau-weiß-rote Kokarden und Girlanden rahmten die blumengeschmückte Bühne mit dem Rednerpult ein. Ein Tisch mit drei Stühlen, für Joseph, seinem amerikanischen Vertreter und einem Mann aus der Stadtverwaltung. Und als sich der Saal dann endlich gefüllt hatte, mit den gewünschten Leuten des Geldadels, aus der Industrie und der Verwaltung, begannen die Reden. George, Josephs Stellvertreter, machte den Anfang. Wie üblich mit den unvermeidlichen humoristischen Einlagen. Doch er tat noch mehr. Geschickt untermalte er seinen Beitrag mit Fotos von an Leukämie erkrankten Kindern, und ersparte den Zuhörern auch nicht den Anblick der Verstorbenen und der trauernden Eltern. George nahm wieder Platz. Es war so still, dass man eine Stecknadel zu Boden fallen hören konnte. Die Rede des Stadtvertreters fiel kurz aus. Was sollte er auch noch sagen. Also rief er zu Spenden auf, dem sich Joseph anschloss. Auch er hatte Bilder mitgebracht. Doch diesmal von geheilten Kindern - glücklichen, lebensfrohen. Joseph hielt sich an sein Konzept, sprach über mögliche Ursachen, ließ vorsichtig anklingen, wer die möglichen Schuldigen seien und lobte die Erfolge, die mithilfe der Spenden erzielt wurden. Und dann, endlich, konnte die Party losgehen. Etwas, dass die Amerikaner lieben.

Natürlich stürzten sich die Damen zuerst auf Joseph. Der stand lächelnd und eloquent zur Verfügung, sehnsüchtig auf die wirklich wichtigen Leute wartend. George führte eine Gruppe älterer Geschäftsleute zu Joseph, die ihn in ein intensives Gespräch verwickelten.

Sicher, sie wollten Spenden, doch mussten sie sich, zu Recht, auch von der Nützlichkeit ihrer Ausgabe überzeugen. Und so sammelte Joseph, step by step, die ersten Hunderttausend ein.

"Mr. Faure?" Joseph, der eben mit zwei potenziellen Spendern im Gespräch war, entschuldigte sich bei ihnen und drehte sich um.

Ein vierschrötiger Mann, genauso, wie man sich den windigen, manchmal brutalen und vor allem typischen amerikanischen Unternehmer vorstellt, war zu der Gruppegetreten.

"Johnson."

"Mister Johnson. Was kann ich für Sie tun?"

"Eine Spende annehmen", polterte Johnson lauthals durch den Saal.

"Und Sie denken …"

"An Zweihunderttausend. Na, was sagen Sie?"

"Schönen Dank, Sir. Es ist nur so …"

"Ach was!" Johnson zog einen Scheck aus der Innentasche seines schlampigen Jacketts. "Nehmen Sie's." Er drückte Joseph das Papier in die Hand. "Wir sehen uns morgen bei Ihnen im Hotel. Ah ja, Sie dürfen mich als Spender nennen", sagte er im Umdrehen und verschwand in der Menge der Besucher.

"Was war das denn?" Joseph war vollkommen konsterniert und drehte den Scheck in der Hand hin und her. Und wahrhaftig: Da stand sie, die magische Zahl ‚*Zweihunderttausend*'. Doch, es freute Joseph, eine solche Spende eingesammelt zu haben. Das ist ein weiterer Schritt und hilft, Andere zum Spenden zu animieren. Aber was war es, dass Joseph an der Selbstlosigkeit dieses Mr. Johnson zweifeln liess?

"Da stimmt was nicht." Sein Gesprächspartner nahm Joseph den Scheck aus der Hand und hielt ihn gegen das Licht. "Scheint in Ordnung", murmelte er.

Am anderen Vormittag tauchte dieser Mr. Johnson auf. Er klopfte an Josephs Zimmer. Seinen Begleiter, einen nicht besonders vertrauenswürdigen, schweigsamen Schlägertyp, stellte er als seinen Assistenten vor. Joseph bestellte einen Imbiss und etwas zu trinken und war daher abgelenkt. Johnson und sein Begleiter verschwanden wieder, nachdem sie ausgiebig gegessen und ein unverbindliches

Gespräch geführt hatten. Joseph wunderte sich, maß dem Besuch aber keine weitere Bedeutung bei, zumal er mit George wichtigere Dinge zu besprechen hatte. In einem Nebensatz erwähnte er den Besuch und George versprach, sich um Johnson zu kümmern.

Seit seiner Rückkehr, schon auf dem Flughafen in Paris, fühlte sich Joseph nicht wohl in seiner Haut, obwohl er alle Kontrollen ohne Beanstandungen passierte. Aber er hatte das unangenehme Gefühl, beobachtet zu werden. Und dann war Johnson aus der Versenkung aufgetaucht, war die DGSE tatsächlich an Joseph 'dran gewesen.

"Und nun?" Marga war besorgt. In was war Joseph hineingeraten?

"Keine Ahnung. Ich warte ab. Morgen spreche ich mit dem Präfekten, lasse mich beurlauben, bis die Angelegenheit geklärt ist." Joseph strahlte jetzt: "Wunderbar! Dann haben wir drei genügend Zeit uns um Mairis Fotos zu kümmern!"

Warum war es Marga mit einem Mal peinlich? "Ähm. Muss das sein?" Und dachte sofort, *so ein Quatsch. Er hat mich doch schon nackt gesehen.*

"Weiß nicht. Egal, was Du meinst. Ich bin müde." Mairi gähnte aus vollem Halse. "Ich für meinen Teil gehe ins Bett." Sie stand auf und verließ den Raum. Sie hörten sie noch im oberen Stockwerk rumoren.

"Und Du?"

"Ich auch". Auch Marga gähnte jetzt.

Joseph hielt ihr den Arm hin, sie hakte sich ein. Vor ihrem Zimmer wollte sie sich verabschieden. Doch Joseph zog sie weiter. Und Marga ging mit. Freiwillig, erwartungsvoll. Ihr war ein wenig schwindelig. Vielleicht vor Müdigkeit oder – "Schlaft schön, ihr Beiden!" Das war Mairi, die aus der Tür lugte und leise lachte.

"Mairi, das Biest." Joseph lächelte zu Marga herunter. "Wenn Du nicht willst - " Doch Marga schlüpfte unter Josephs Arm hindurch. "Komm schon, Du Schwerverbrecher", flüsterte sie. Und Joseph folgte. Leise schloss er die Tür

Marga erwachte vom leisen Summen der Jalousie. Die Sonne malte dabei immer breiter werdende rote Streifen auf die weiße Wand. Sie atmete tief durch. Joseph ist einfach süß, dachte sie. Als sie nebeneinander im Bett lagen, streichelte er ihr die Wange, gab ihr einen zarten Kuss auf die Stirn. "Schlaf schön", flüsterte er. Und Marga war enttäuscht. Zuerst. Dann erkannte sie, dass es eine Prüfung war. Für Joseph! Ihr klopfte das Herz bis in den Hals. Es fiel ihr so schwer, die Hände ruhig zu halten. Er drehte ihr den Rücken zu, atmete tief aus. Und dann atmete er ruhig und gleichmäßig, als schliefe er schon. Marga rückte an ihn heran, legte einen Arm um seine Brust, kuschelte sich an seinen warmen Rücken. "Schlaf schön."

Auf ihrer Brust lag Josephs Hand. Sie zog sie an ihren Mund, und küsste den Handrücken. "Schon munter?", brummte er in ihren Nacken.
"Hmhm."
"Wie hast Du geschlafen?"
"Wie ein Murmeltier. Wie spät ist es?"
"Halb sieben. Viel zu früh."
Marga drehte sich um. Nun sah sie ihm direkt in die dunklen Augen, die sie unruhig musterten.

"Ist was?"

Wie aus den Gedanken gerissen blinzelte er mit den Augen. Er schüttelte den Kopf. "Du bist wunderschön." Er schwang sich auf die andere Seite und stand auf. "Wir sollten uns fertigmachen", sprach er gegen das Fenster, "Unten warten schon die Geheimdienstler."

"Och nöö!"

"Geht auch nur mich was an. Mach Dir keine Sorgen." Er drehte sich herum, ging auf sie zu. Vor dem Bett ging er in die Knie. "Ich liebe Dich", sagte er und stand sofort wieder auf. Ohne ein weiteres Wort verschwand er in den Nebenraum, um sich zu waschen und anzuziehen.

Marga lag erschüttert auf dem Rücken. Mit allem hätte sie gerechnet, doch nicht mit diesem Geständnis. Andererseits sollte es sie nicht überraschen, alles deutete darauf hin. Aber eben nur in Gesten, Berührungen, Blicken und kleinen Zärtlichkeiten. Doch nun hatte er die Worte gesprochen. Nicht einfach so. Sein Blick, seine Augen sprachen Bände. Marga hüpfte das Herz, kaum hörte sie die Geräusche aus dem Bad, die Joseph verursachte.

"Bleib noch liegen. Ich fertige die Männer schon ab." Damit verschwand Joseph nach unten.

Wenig später ging die Tür. Marga, das Deckbett immer noch bis zur Nase hochgezogen, drehte den Kopf. Mairi kam hereingeschlichen. "Na?", fragte sie. "Wie war's?" Sie setzte sich neugierigen Blickes auf die Bettkante. Marga schüttelte den Kopf.

"Wie jetzt? Es war nichts?"

Marga nickte heftig.

"Du bewegst Deinen Kopf in Rätseln. War jetzt was oder nicht? Und wenn ja, was? Wenn nein …"

"Er hat gesagt, dass er mich liebt. Eben jetzt."

"Joseph?"

Marga hatte Mairis Frage nicht gehört oder zur Kenntnis genommen. Sie saß jetzt neben Mairi, hielt mit der linken ihr Deckbett und mit der rechten ihr Herz, das heftig schlug.

"Hallo, Erde an Marga!"

Marga schüttelte den Kopf. "Ja?"

"Oh Mann!" In gespieltem Unmut klopfte Mairi ihrer Freundin gegen den Hinterkopf. "Sag das nochmal."

"Er hat – er hat gesagt – dass er mich – liebt."

Mairi lehnt sich zurück. Lässig wedelte sie mit der Hand durch die Luft. "Das sagen sie alle…" und grinste schief. "Na, komm schon." Sie breitete die Arme aus. Marga stürzte sich in ihre Arme. "Hätt' ich nie gedacht", brummte Mairi in Margas Haare.

"Was macht ihr denn da?" Das war Josephs Stimme, doch seine Schwester winkte ab.

"O.K. Wir sehen uns unten, beim Frühstück."

"Ich kann nicht. Nicht jetzt", flüsterte Marga.

Doch Mairi liess das nicht zu: "Doch. Du kannst!" Sie stand entschlossen auf und zog Marga am Oberarm hoch. "Was soll er denn denken? Dass Du ihn nicht liebst?" Marga schüttelte den Kopf.

Ihre Gedanken flogen hin und her. Sie hatte nicht geahnt, *wie* sie auf diese drei Worte aus Josephs Mund gewartet hatte. Mit zitternden Beinen ging sie hinter Mairi her. In ihr schrie es vor Glück. Doch wie sollte sie sich verhalten. Joseph um den Hals fallen? Stolz zeigen oder so tun, als wenn es sie kaum berührte? Gleichgültigkeit?

Joseph saß gespannt am gedeckten Tisch. Es duftete nach Kaffee und frischen Croissants. Er breitete einladend die Arme aus. "Guten Morgen, Mesdames."

"Wow." Mairi sah sich erst auf dem Tisch um und glitt dann auf ihren Stuhl. Marga schwieg, setzte sich Joseph gegenüber. Sie hatte, seit sie in den Raum gekommen war, Joseph nicht aus den Augen gelassen. Doch er tat, als wäre nichts gewesen, lächelte sie beide an.

"Übrigens, ich habe die Schlapphüte weggeschickt. Der Präfekt hat mich beurlaubt, ich habe Zeit." Er schmierte Butter auf seinen Croissant und biss kräftig hinein. Und jetzt behielt auch er Marga im Auge. "Musst Du nicht wieder nach Paris?", fragte er seine Schwester ohne seinen Blick abzuwenden.

"Ja. Morgen."

"Was?" Marga war erstaunt. "Warum hast Du nichts gesagt?"

"Wollte ich. Aber – vorhin, da oben, Du verstehst?"

"Ach so. Aber so dringend?"

"Susanne rief mich heute früh an. Sie hat Probleme. Finanzministerium oder so was.

Genauer konnte sie es mir nicht erklären. Ich muss hin. Nach dem Rechten sehen."

"Genau", mischte sich Joseph ein, "Und deshalb fahren, fliegen wir drei zusammen nach Paris. Was meinst Du dazu, Marga?"

Paris? Die Stadt der Liebe! Natürlich, der Eifelturm, la Notre Dame, Moulin Rouge, Dom des Invalides. Sie wollte immer mal nach Paris. Jeder, der einmal da gewesen war schwärmte davon. Doch die Zeit… Sie nickte, während sie ihren Croissant gedankenverloren in den Kaffee stippte.

"Heißt das, ja?" Marga nickte mechanisch. Sie hatte plötzlich einen vollkommen trockenen Hals, denn in ihrem Kopf kreisten immer noch die berühmten drei Worte. Sie hüstelte, biss vom Croissant ab. "Ja", murmelte sie mit vollem Mund.

Der Tag verging wie in Zeitlupe. Sie waren nach dem Frühstück nach Antibes gefahren und hatten Sachen aus Josephs Stadtwohnung geholt. Mairi behauptete, für Paris keine passende Kleidung zu haben, weshalb sie dringen über den Markt gehen müsste. Und

Marga habe ja auch nichts – Joseph hatte gelacht. Er müsse eh noch einmal zu seinem Chefchen, sie würden sich zu Mittag im Restaurant *"Le Passion de Mets"* treffen.

Marga aß Reis mit Huhn, trank zwei Gläser Wein, dann fuhren sie zurück zu Josephs Haus, um ihre Koffer zu packen.

"Wie fandst Du das?" Mairi stand in Margas Zimmer und hielt bereits das dritte Kleid vor ihre Brust.

Marga nickte. "Gut."

"Gut?", Mairis Stimme überschlug sich fast. "Das ist Spitze!"

"Naja, für dreihundert Euro sollte es das auch sein."

"Tsts!" Mairi legte das Kleid wieder zusammen. Dass sie beide fast nackt waren, störte sie nicht, denn vorher hatten sie alle erdenklichen Dessous probiert. Marga Mairis oder umgekehrt. Sie hatten sich köstlich amüsiert. Ihre Körperproportionen verglichen und weibliche Formen gelobt. Mairi meinte, sie wären einfach der bessere Entwurf Gottes, nachdem er Adam erschuf. Margas

Gleichgewicht war durch den Einkaufsbummel wieder ein wenig in die Waage geraten. Und auch Mairis unbekümmertes Wesen hatte nicht unerheblich dazu beigetragen. Dennoch bewegte sie immer noch Josephs unerwartetes Geständnis. Die Freude überwog das schlechte Gewissen Pierre gegenüber. Sie spürte immer wieder ein feines Bauchdrücken, wenn sie an Pierre dachte. Und leider tat sie es ihrer Empfindung nach zu oft, heute.

"Und jetzt sag es. Aber ehrlich."

"Was soll ich sagen, Mairi?"

"Hast Du mit Joseph geschlafen, gestern Nacht?"

"Ja. Aber nicht so, wie Du denkst."

"Wie denke ich denn?" Mairi grinste anzüglich.

"Wir haben nebeneinandergelegen. Mehr nicht."

"Uuund?"

"Was, uuund?"

"Das war alles? Ehrlich?" Mairi verzog des Gesicht.

"Ehrlich."

Mairi lachte. Dann raffte sie ihre Sachen zusammen und rannte, so wie sie war, in ihr Zimmer. "Vergiss nicht, Deinen Koffer zu packen!", rief sie noch, dann war sie verschwunden.

PARIS

Der Flieger setzte spürbar in Paris Orly auf. Marga hatte einen Fensterplatz erwischt. Joseph saß neben ihr und Mairi einen Platz vor ihnen. Sie hatte sofort nach dem Einstieg ihren Platznachbarn in ein Gespräch einbezogen, dass den ganzen Flug ohne Pause verlief. Meist führte Mairi das Wort und ihr Gesprächspartner nickte oder brummte Zustimmung. Joseph schwieg den ganzen Flug über. Sie hatten sich angeschnallt und er hatte Margas Hand genommen und sie nicht wieder losgelassen.

"Wir müssen jetzt…" Marga deutete mit den Augen auf ihre verschlungenen Hände.

"Oh, sind wir schon da?"

"Ja. Spürst Du es?"

"Oh ja. Meinst Du dieses pock, pock?"

"Genau." Er liess sie los. Margas Hand war verschwitzt. Verstohlen wischte sie sie sich am Rock ab.

Paris begrüßte sie mit Nieselregen und einem kühlen, frischen Wind.

Die Galerie lag in der Nähe der *Ile de Paris* auf der nördlichen Seite der Seine. Trat man aus der Tür und auf die Straße, waren die Türme von *Notre Dame* zu sehen. Doch was Mairi da ausstellte und verkaufte, war nicht Margas Ding. "Wer kauf das Zeug?" Sie rümpfte die Nase.

Mairi lachte glockenhell. "Oh, da gibt es viele. Manch einem fehlt in seinem Wohnzimmer noch das i-Tüpfelchen, weißt Du?"

"Ja, aber ein altes Seil mit 'nem Stückchen Kupferblech…?"

Marie tippte mit dem Zeigefinger an Margas Nase. "Banausin."

"Na ja. Ich habe halt keine Ahnung davon."

Mairi winkte ab. "Tut mir leid, wir müssen unser Kunstgespräch auf später verschieben. Die Prüfer treten auf."

"Oh, oh. Da wollen wir aber gar nicht stören." Marga lehnte sich gegen Joseph, der mit gerunzelten Augenbrauen den Auftritt der Finanzbeamten beobachtet. "Bringst Du mich ins Hotel, Joseph?" Sie sah bittend zu ihm hoch.

"Da stimmt was nicht", murmelte er abgelenkt. Dann stutzte er. "Hotel?"

Sie hielten in einer Seitenstraße an der *rue Étienne Marcel* vor einem der großbürgerlichen Häuser aus der Hausmann-Ära.

"Whow. Hier wohnt …?"

"Es ist unsere gemeinsame Wohnung in Paris. Auch wieder solch ein Erbstück."

Am Eingang empfing sie ein Concierge in einem dunklen Anzug.

"Sieht aus wie NSA, CIA?", flüsterte Marga kichernd.

"Nein. Das ist Gerald. Viel harmloser, denke ich", flüsterte er zurück. "Hallo, Gerald. Alles unter Kontrolle?"

"Oh, Monsieur Joseph. Danke, ja. Alles in Ordnung." Gerald drehte sich zu einem Wandkasten um. "Brauchen Sie den Schlüssel?"

"Nein, Danke. Mairi hat mir ihren gegeben."

"Willkommen, Madame, Monsieur." Er machte einen freundlichen Diener. "Soll ich mit dem Gepäck helfen?"

Joseph schüttelte den Kopf. "Danke, nein." Sie gingen zum Aufzug.

Alles hätte Marga erwartet, nur das nicht: Das Interieur von Mairis Wohnung stammte aus der Zeit des Art déco. Nichts Modernes, keine abstrakten Bilder. "Boah! Was ist das denn?"

"Das ist Mairi. Sie würde nie solche antiken Kostbarkeiten auf den Flohmarkt bringen."

"Aber…?"

"Alle diese Möbel, Bilder, Gegenstände gehörten früher unseren Urgroßeltern - oder Ur-Urgroßeltern? Egal. Sie gehören hierher."

"Verstehe. Und was soll *ich* hier?"

"Wohnen?"

"Nein, das geht nicht!"

"Warum nicht?" Joseph war erstaunt.

"Weil – na, weil ich euch nicht ewig auf der Tasche liegen kann."

"Ich bitte Dich! Ich bin Dein Freund!" Er breitete generös die Arme aus.

Marga trat ganz nahe an Joseph heran. "Nur Freund?", flüsterte sie.

"Mehr als das, Marga. Mehr. Ich möchte Dich bei mir wissen. Ganz dicht."

"Lass mir trotzdem Luft, bitte."

Joseph nahm Margas Hand. "Komm." Sie gingen in den Salon, setzten sich auf ein plüschiges Sofa. "Ich lasse Dir Luft. Du sollst so viel Raum haben, wie Du meinst, den Du brauchst und haben musst. Ich weiß, dass Du ein Unternehmen leitest, das Du Verantwortung trägst und Du ein freier Mensch bist. Aber ich will wissen, dass, wenn Du willst, ich bei Dir sein darf. Ich …"

Marga hielt ihm mit dem Zeigefinger den Mund zu. "Schweig, Lieber. Ich verstehe." Sie legte die Arme um Joseph und zog ihn an sich. Ganz fest. Dann fanden sich ihre Lippen.

Nach einer endlos erscheinenden Weile trennten sie sich. Marga stand auf, zog Joseph vom Sofa hoch. "Wo ist mein Zimmer?"

Er führte sie über den langen Flur. "Hier ist Platz für eine ganze Herde. Ich denke ich bringe Dich hier unter." Er schob sie in ein Zimmer, das im Gegensatz zu den anderen modern eingerichtet war. "Das war mal meines. Ich schlafe gegenüber."

Marga machte einen langen Hals. "Dort?"

"Ja."

"Darf ich?" Sie zeigte auf Josephs Tür.

"Geh nur. Ich hole inzwischen Deine Taschen."

Als er zurückkam, war von Marga nichts zu sehen. Joseph stellte die Taschen ab, schmunzelte und öffnete die Tür zu einem Zimmer. Da lag Marga auf dem Bett. Er schnappte hörbar nach Luft.

"Na, na! Du weißt doch, wie ich aussehe." Sie hob einladend einen Arm.

Marga und Joseph schraken auf. Draußen, auf dem Flur rief Mairi: "Hallo? Jemand zu Hause?" Und riss die Tür auf. Mit großen Augen sah sie auf die beiden. "Na da soll doch Dieser und Jener!" Sie verzog das Gesicht zu ihrem schrägen Grinsen. "Glückwunsch!" Dass Marga und Joseph nackt vor ihr saßen, störte sie anscheinend überhaupt nicht, denn sie setzte sich einfach auf die Bettkante, und begann über den Besuch der Finanzleute zu schwatzen. "Übrigens, wieso tauchen zeitgleich bei mir das Finanzamt und bei Dir der DGSE auf? Was läuft da, wenn da was läuft?"

"Nun, wenn Du uns Gelegenheit gibst, uns ein wenig frisch zu machen und zu bekleiden, können wir gerne darüber sprechen. Draußen", sagte Joseph und sah seine Schwester eindringlich an.

"Oh, pardon. Ja." Sie stand auf, deutete mit dem Daumen über die Schulter. Ihre Augen flitzten zwischen Marga und Joseph hin und her als würde sie sie jetzt eben erst sehen. "Ich werde da mal schon – vorgehen, werde ich." Sie verschwand mit leicht geröteten Wangen.

Als Marga und Joseph in den Salon kamen, lümmelte Mairi im Plüschsofa und lächelte sie breit an. Auf dem Tisch standen drei Weingläser und eine Flasche Weißwein.

"Entschuldigt, ich bin immer noch so aufgeregt", sagte sie. Mairi griff nach der Weinflasche und goss ein, währenddessen Marga und Joseph nebeneinander Platz nahmen. "Wegen der Schnüffler", erklärte sie.

Sie atmete tief ein. "Aber gefunden haben sie nichts", führte Mairi fort, "Alles durchwühlt, jeden Ordner von vorne bis hinten durchgeblättert. Ich denke, sie waren ganz schön enttäuscht."

Marga war nicht ganz bei der Sache. Während Mairi und Joseph die seltsame Duplizität der Ereignisse diskutierten, fragte sie sich, ob es richtig gewesen war, mit Joseph zu schlafen. Da war doch Pierre, dem sie auch noch zugetan war. *Auch noch*? Wieso dachte sie diese zwei Worte; *auch noch*. Sie wollte nicht akzeptieren, dass da dieses *NOCH* im Raum stand. Pierre! *"L'amour fait les plus grandes douceurs et les plus sensibles infortunes de la vie. - Die Liebe ist für die größten Freuden und die größten Katastrophen im Leben verantwortlich."* Wie wahr! Marga erinnerte sich an diesen Spruch, den Vater zitiert hatte, als sie wegen eines Jungen sein Hemd vollgeheult hatte. Er hatte ihr über den Kopf gestrichen. "Nimm es ernst, Liebes. Es ist eine Erfahrung, die uns weiser macht. Und stärker! Das ist das Wichtigste. Merke Dir diesen Spruch." Sie würde gerne wissen, wie sie die wirkliche, *wahre* Liebe erkennen konnte.

"...Dein Mobile!"

Marga schrak auf. "Wie bitte?"

"Dein Mobile klingelt." Joseph zeigte mit dem Daumen über seine Schulter. Marga sprang auf. Nervös lief sie zum Sideboard, auf der ihre Tasche stand. Warum war sie so aufgeregt? Es ist doch nur – sie kramte umständlich in ihrer Tasche. Da war es! Pierre hatte eine SMS geschickt. Jedoch warum war sie so – beklommen? Sie öffnete die Mail. "Sehr geehrte Madame. Pierre hatte einen Unfall. Er bittet Sie dringend, zu kommen. Madame De Lacroix" Die Adresse eines Krankenhauses stand dabei. "Pierre hatte einen Unfall, steht hier" Marga war blass geworden. Mairi und Joseph sahen sie erwartungsvoll an. "Und?"

"Seine Mutter bittet mich, zu kommen. In die Schweiz."

"Wer ist Pierre?" fragte Mairi leise ihren Bruder.

"Ihr – Freund?"

"Was soll ich tun?"

"Fahr hin." Joseph war ganz Großzügigkeit.

Marga setzte sich, legte die Hände auf die Oberschenkel, wie eine ertappte Schülerin. "Was soll ich ihm sagen?"

"Nichts? Die Wahrheit? Was Du meinst, dass es richtig ist? Fahr hin. Sieh ihn Dir an. Hilf ihm, wenn Du kannst."

"Aber -"

Joseph setzte sich neben sie. Er legte ihr eine Hand auf die Schulter. "Es ist Deine Entscheidung. Keiner kann sie Dir abnehmen."

Sie sah Joseph an. "Kommst Du mit, Bitte?" Sie sah, wie es in ihm arbeitete. Dann grinste er schräg, das Grinsen, dass sie an ihm so mochte – und an Pierre und Joseph und – René – und nickte. Er legte die Rechte aufs Herz. "Ich bin Dein Freund. Nicht vergessen." Mairi sah über Josephs Schulter, grinste ebenfalls so schräg und nickte heftig.

Marga atmete tief auf. Ja, sie musste sich Pierre stellen. Und Joseph und sich selbst und ihrem Herzen, das vor Aufregung und Sorge klopfte wie ein alter Dieselmotor.

"Nun, fahren wir?" Joseph stupste sie sanft an. "Erde an Marga. Wo müssen wir eigentlich hin?"

"Interlaken."

"Oh. Feine Gegend." Er sah auf die Armbanduhr. "Für heute ist es zu spät. Dann fahren wir gleich morgen früh los. Ich besorge einen Wagen." Joseph rieb sich die Hände. Offensichtlich reiste er gerne. "Was meinst Du, für wie lange?" Marga zuckte mit den Schultern.

PIERRE

Interlaken ist eine Stadt zwischen dem Thuner See im Westen und dem Brienzer See im Osten. Die knappen sechshundertfünfzig Kilometer waren schnell zurückgelegt. Ob sie allerdings dazu einen Ferrari mieten mussten, liess Marga dahingestellt. Ihr schien es etwas übertrieben, ja beinahe hochgestapelt. Aber es war Josephs Wunsch.

Von Pierres Mutter in Interlaken erfuhren sie, dass er in Thun, im Spital lag. Warum, wurde ihnen nicht gesagt. Nur, dass er dringend auf Margas Besuch warte.

Der Blick, mit den Madame Lacroix Joseph bedachte, sprach Bände, obwohl er beteuerte, *nur* Margas Freund zu sein. Es war klar, dass sie ihnen nicht glaubte, weswegen die Stimmung eher trocken und kühl war. Das war auch der Grund, dass sie sich nicht länger als notwendig bei Madame aufhalten wollten. Monsieur lernten sie erst gar nicht kennen. *Schon merkwürdig*, dachte Marga.

Joseph hinterließ bei der Abfahrt eine tiefe Schleifspur im Kies der Auffahrt der Lacroixschen Villa und lachte schadenfroh. Marga sah ihn irritiert an. "Was", fragte er unschuldig und raste nach Thun.

"Sind Sie mit Herrn Lacroix verwandt, Madame?", fragte der Arzt, bei dem sie sich nach dem Befinden Pierres erkundigten. Joseph übernahm den Part und behauptete, dass Marga die Verlobte … Und bekam einen dezenten Tritt gegen sein Schienbein. "Autsch."

"Also nicht", stellte der Doktor fest. "Seine Freundin. Richtig?"

"Wir kennen uns sehr gut. Und er hat bestellen lassen, dass ich baldmöglichst…"

"Ah, jetzt erinnere ich mich. Sie sind diese Marga! Entschuldigung, Madame. Er hatte sie mehrfach erwähnt. Kommen Sie." Er ging voraus, einen langen, unfreundlichen Krankenhauskorridor entlang, bis zu einer Glastür. Er öffnete sie. "Bitte. Hier liegen unsere Privatpatienten." Er deutete auf eine Tür, etwas weiter weg. "Zimmer dreihundertvierundzwanzig. Sie entschuldigen mich?"

"Aber Sie haben mir noch nichts über seinen Zustand gesagt."

"Oh. Pardon. Das darf ich nicht. Aber es geht ihm nicht gut. Alles Weitere wird er Ihnen bestimmt sagen." Damit verschwand der Weißkittel, als habe er ein schlechtes Gewissen.

Im Privatklinikbereich sah es besser aus. Heller, freundlicher, mit Bildern an den Wänden. Vorsichtig klopfte Mara an der angegebenen Tür, doch es blieb still. Sie griff zur Klinke und drückte sie langsam und mit bedrückendem Bauchgefühl herunter, bis die Tür sich öffnete.

"Pierre?" Sie hörten Geräte piepsen und das Geräusch einer Herz-Lungenmaschine als wäre

Darth Vader anwesend. Marga wurde blass. "Komm bitte mit", wisperte sie Joseph ins Ohr. Ihre Augen waren dunkel vor Sorge und die Hände zitterten leicht. Auf Zehenspitzen schlichen sie zu dem einzigen Bett im Raum. Schläuche und Kabel führten von einem Turm voller Maschinen und Anzeigegeräten zu einem Berg von Kissen.

Marga trat an die Bettkante und schrak zurück. *Das ist nicht ...* Doch dann fasste sie sich. "Pierre?"

Ein blasses, spitzes Männergesicht, schlecht rasiert, die Haare wirr auf dem Kopf, sah aus dem weichen Kopfkissen hervor. Pierre öffnete langsam die Augen. Dann zog etwas, wie ein Lächeln, über sein Gesicht. "Marga", flüsterte er, "Ich freue mich, dass Du kommen konntest." Seine linke Hand, an der ein Katheder angeschlossen war, kam unter der Decke hervor. "Wen hast Du da mitgebracht?"

"Das ist Joseph. Ein Freund, der mich hergefahren hat." Marga wollte das Thema nicht weiter ausweiten. "Was ist mit Dir? Alle machen es spannend, aber keiner sagt etwas Genaues."

Pierres Blick ging zu Zimmerdecke. Dann schaffte er es mit deutlicher Anstrengung, schräg zu grinsen. "Marga, mit uns wird es nichts. Schade." Seine Stimme war leise und rau. "Aber ich bitte Dich um einen Gefallen." Marga hatte ein Déjà-vu. Obwohl sie sich zusammenreißen wollte, kamen ihr jetzt die Tränen. Es waren genau die gleichen Worte, wie die, die ihr Vater gesagt hatte: *Ich bitte Dich um einen Gefallen.* Nein, bitte nicht schon wieder!

Joseph legte eine Hand auf ihre Schulter und drückte leicht. Pierre flüsterte mehr, als dass er sprach: "Ich werde bald sterben. Morgen oder übermorgen, oder in der nächsten Woche. Aber das es sein wird, ist sicher. Frag nicht warum, bitte." Er atmete tief ein, schloss für ein paar Sekunden gequält die Augen. "Ich liebe Dich und ich habe großes Vertrauen in Dich." Er drückte Marga sanft die Hand. Sie spürte, wie ihm die Kraft fehlte. Wieder grinste er. "Ich hoffe, dass ich Dir nicht zuviel aufbürde."

"Aber, die Ärzte. Haben sie kein…"

"Lass es, darüber nachzugrübeln. Und nein, es gibt kein Mittel dagegen." Er atmete schwer, verdrehte leicht die Augen. "Marga?"

"Ja, Lieber", flüsterte sie dicht an seinem Ohr. "Sag was ich für Dich tun kann."

"Übernimm die Farm. Führe sie weiter. Kannst Du das?"

Marga hatte alles Mögliche erwartet, nur das nicht. Wie sollte sie das schaffen? Ihren Hof, oben im Norden, die Pferdezucht mitten in Frankreich. Und Joseph? Was würde der dazu sagen? Oder wird er davonrennen?

"Du musst nicht gleich antworten. Denke darüber nach, ob Du es willst. Du bist eine Pferdeflüsterin. Ich bin sicher …" Er schnappte nach Luft. Tränen liefen Pierre aus den Augen und Marga weinte. Und Joseph? Dessen Finger gruben sich in Margas Schulter, ohne dass beide es spürten. "Ich bin sicher, Du kannst das. Du bist eine starke Frau."

"Und Deine Eltern?"

Doch Pierre antwortete nicht. Er hatte die Augen geschlossen. Seine linke hielt Margas Hand fest. Er bewegte die Lippen, als wenn er sprechen wollte. Dann hauchte er: "Auf dem

Tisch." Marga sah sich um. Auf dem Tisch lag eine Mappe mit Papieren. Ein Zettel klebte obenauf. "Marga."

Joseph ließ sie los und holte die Mappe. Es war ein notarielles Dokument. Genauer, ein Testament. Joseph überflog den Inhalt. "Du bist als Universalerbe eingesetzt." Er flüsterte es leise. "Möchtest Du das anerkennen?" Und Marga, ohne weiter nachzudenken, nickte. "Ja, ich werde es annehmen."

Pierre entspannte sich. Ein leises Lächeln verschönte das von der Krankheit entstellte Gesicht. "Danke." Er drückte wieder Margas Hand. "Und nun, verschwindet und werdet glücklich." Jetzt sah er Marga an und Joseph und sie konnten nicht anders als nicken. Dann beugte sie sich über Pierre und küsste sein Gesicht. Und hörte nicht, dass das rhythmische Piepsen in einen Dauerton übergegangen war. Und dass Unruhe im Zimmer war und Menschen um Pierres Bett herumliefen. Und jemand sie bei den Schultern von Pierre wegzog und aus dem Zimmer führte. Sie schloss die Augen vor dem grellen Licht im Flur und hörte Stimmen, doch sie verstand sie nicht.

Dann saß sie im Ferrari, ihre Tasche und die Mappe auf dem Schoß. Joseph schnallte sie an und fuhr zurück nach Interlaken, um Pierres Eltern Bescheid zu geben.

Und als sie die Auffahrt zur Villa hochkurften, erwachte Marga aus ihrer lethargischen Haltung. Sie straffte sich, atmete tief durch, dann hielten sie vor der Treppe zur Haustür. Madame Lacroix erwartete sie dort und ihr Mann, und Marga wusste, dass sie es schon wussten.

Sie hatten nicht viel miteinander gesprochen. Madame saß mit auf den Oberschenkeln verschränkten Händen aufrecht auf dem Sofa, sehr gefasst, und Monsieur hielt sie in den Armen. Es war so still, dass sie die Sekundenschritte der Quarzuhren hören konnten. "Ein Tumor also", stellte Madame fest und schwieg wieder. Und Monsieur brummte: "Übernehmen Sie die Farm. Ich habe nichts mit Pferden am Hut. Ich hoffe, Sie werden glücklich."

Zum Abschied sagte Madame: "Besuchen Sie uns, wenn der Schmerz zu groß ist oder, wenn

Sie Hilfe brauchen." Sie gab Marga einen Kuss auf die Wange. Dabei flüsterte sie: "Sie haben meinen Sohn unendlich glücklich gemacht. Er hat von nichts anderem mehr gesprochen als nur von Ihnen." Und es gab Marga einen Stich in die Magengegend. Und dann wollte sie nur noch eines: Ins Hotel, in ihr Zimmer und heulen. Und zwar alleine!

Guter Joseph! Er hatte verstanden und liess sie allein. Er schlich aus ihrem Zimmer in den Nebenraum der Suite, die er wohlweislich gebucht hatte. Und während Marga sich ihrer Trauer hingeben konnte, studierte Joseph das Testament. Dann rief er den Zimmerservice, bestellte ein Abendessen für zwei und eine Flasche Whiskey, extra alten, schottischen.

Zwei Stunden hielt Marga ihre Trauer aus. Sie war eine praktische Frau. Eine kluge Frau und eine erfahrene Frau, was das Leben betraf. Leben und Tod, Geburt und Sterben gehören dazu. Sie schloss Pierre ganz tief in ihr Herz ein. Er bekam dort ein Kämmerchen der ewig guten, liebgewonnenen Erinnerungen. Sie hatte viele davon, Aber das mit der Aufschrift "Pierre", wird eines der Wertvollsten davon sein. Und wenn es ihr einmal schlecht ginge, dann könnte sie sich Pierre hervorholen und all die schönen Gedanken und Erinnerungen an ihn. Und es würde ihr wieder gut gehen und sie würde Kraft geschöpft haben, aus den Erinnerungen.

Dann stand sie auf und ging zur Tür, die ihr Zimmer mit Josephs verband. Sie machte sie weit auf und stand einfach nur da und sah Joseph an. Der starrte zurück, mit etwas glasigen Augen vom Whiskey. "Marga?"
Und sie sah die Flasche und sagte: "Krieg ich auch einen?"
Und als die Flasche leer war, erhob sich Marga. "Komm", sagte sie zu Joseph, zog ihn vom Sofa hoch, "Schlafen."
Und Joseph gähnte ausgiebig und sagte: "Schlafen, jep."

Marga schwitzte. Sie strampelte die Bettdecke von sich. Die fiel auf den Boden. Kein Wunder, dass sie schwitzte, denn Joseph hatte sich an ihren Rücken geschmiegt und hielt sie mit beiden Armen fest umfangen.

Sie waren sofort eingeschlafen, kaum, dass Marga noch bemerkte, wie Joseph ins Bett gestiegen war. Er brummte irgendwelche Worte, die in ihrem Nacken kitzelten.

Jetzt war sie munter, ausgeschlafen und schwitzte. Sie löste sich von Joseph, der sich seufzend umdrehte und ihr dabei seinen nackten Hintern präsentierte. Es provozierte sie, mit der Hand drüber zu streichen. Und dann tat sie es. Und Joseph drehte sich auf den Rücken und öffnete die Augen. "Guten Morgen, Schönste." Marga wurde rot wie eine Fünfzehnjährige, und sah ihn von oben bis unten an. Und Joseph tat dasselbe. Und da musste sie schnell im Bad verschwinden.

Auf der Rückfahrt nach Paris ließen sie sich Zeit und übernachteten in einem Hotel in Grenznähe. Sie schwiegen während der Fahrt, sahen sich das Städtchen an und die Umgebung, tranken einen Kaffee auf dem Marktplatz und schwiegen auch beim Abendessen und danach im Bett. Am nächsten Tag fuhren sie weiter über Landstraßen. Marga sagte: "Ich brauche noch Zeit zum Denken." Und dann schwiegen sie.

Unvermittelt regte sich Marga. "Was meinst Du? Soll ich?"

Joseph, der mit der Betrachtung der Umgebung beschäftigt war, sah sie abgelenkt an. "Was?"

"Die Farm übernehmen." Sie blinkte, weil sie in die Auffahrt zur Autobahn nach Paris einfahren wollte.

"Ja. Tu's."

"Und Du?"

"Was hat das mit mir zu tun?" Seine Stimme klang gleichgültig. Aber Marga hatte nicht den Eindruck, dass es ihm gleichgültig wäre.

"Sehr viel." Marga ärgerte sich über Joseph. "Wenn Du mich liebst…"

"Tue ich."

"Dann musst Du auch Stellung beziehen. Es betrifft Dich ebenso."

Er schwieg. Marga sah ihm im Profil, wie er an der Unterlippe nagte und nach draußen sah. "Es ist nur so, ich bin kein Pferdezüchter. Also Dir keine große Hilfe. Ich weiß eben nur, dass mir ein Gaul gefällt und ein anderer nicht."

"Das ist schon verdammt viel."

"Na, wenn das genügt…" Er richtete sich auf, legte eine Hand auf ihren Oberschenkel. "Ich liebe Dich und tue alles, damit Du glücklich bist. Mein Vorschlag: Tu es!"

"Ja aber, wenn es Dich nun unglücklich macht?"

"Nichts kann mich unglücklich machen, was Dir gefällt."

Marga sah ihn verliebt an.

"Da vorne. Ampel, rot!"

"Das war knapp." Marga grinste Joseph an, der tief atmete. "Hast Du Angst um Dein Auto?"

"Um Dich." Er lehnte sich im Sitz zurück. "Das ist kein Pferd, Teuerste. Und außerdem ist es nur gemietet."

"Bah." Es wurde grün und Marga gab extra Gas, dass der Ferrari mit dem Hintern schleuderte. "Juchhu!"

"Verrückt", murmelte Joseph.

Mairi war nicht in ihrer Wohnung und auch nicht in der Galerie, sie ging nicht ans Telefon und ihr Handy schien auch abgeschaltet.

Josephs Gesicht war voller Sorge. "Das hat sie noch nie gemacht."

"Wollen wir die Polizei einschalten?"

"Warten wir bis morgen früh. Wenn sich bis dahin nichts getan hat, machen wir eine Anzeige."

Mitten in der Nacht polterte die Haustür. Marga sprang aus dem Bett, lief zur Tür. Verschlafen murmelte Joseph ins Kopfkissen: "Ist was?" Draußen kicherte es und lachte. Mairi! Marga riss die Tür auf, sprang auf den Flur: "Sag mal …"

Da war Mairi, kichernd und leicht betrunken in den Armen eines Mannes und zeigte mit schwankendem Finger auf Marga. "Diese wunderschöne, nackte Frau ist meine Freundin", lallte sie.

Marga sprang zurück ins Zimmer. Joseph saß mit gespannter Mine auf der Bettkante. "Mairi?", fragte er völlig überflüssiger Weise, während Marga nach einem Tuch suchte, um sich zu bedecken.

"Brüderchen!" Mairi stand schwankend im Türrahmen. Jemand zog sie zurück. "Bitte,

Mairi", brummte eine Männerstimme, "Das ist so peinlich."

"Ach Quatsch!" Sie breitete die Arme aus und torkelte auf Marga zu. "Schwesterchen -", lallte sie noch, stolperte über ihre High heeles und knallte auf den Teppich. "Autsch", stellte sie fest, als sie auf dem Rücken lag und mit den Beinen strampelte, wie ein Käfer. Joseph konnte nicht mehr. Erst gluckste er noch, dann fing er an zu lachen.

Und während Marga sich in ein großes Laken wickelte, das einzige Kleidungsstück, dass eben zur Verfügung stand, klopfte der Mann an die Tür. "Kann ich helfen?"

Die Stimme kam Marga bekannt vor. Henri? Nur Henri hatte diesen leicht arroganten Ton in der Stimme und diese seltsame Diktion. "Kommen Sie 'rein!", rief Joseph. Mairi rappelte sich schniefend auf. "Was mache ich hier unten?", fragte sie.

"Henri?"

"Marga?"

Joseph sah von Marga zu dem Mann, den sie Henri genannt hatte und zurück. "Ihr kennt euch?"

"Unglaublich", sagte Henri. "Da reist man quer durch Frankreich, landet irgendwo in einer Bar in Paris", inzwischen war er zu Marga getreten und hatte ihre Hände ergriffen, "und findet eine Freundin …" Sofort drehte er sich zu Joseph. "Nicht was Sie denken und wie es aussieht…"

Joseph faltete sie Arme vor der Brust. "Was glauben Sie, dass ich denke?" Er grinste, stand auf (immer noch nackt) und schlüpfte in seine Shorts. "Marga? Was meinst Du, was ich denke?"

"Das Du mich liebst?"

"Ja. Und?"

"Und DU mir vertraust." Marga ärgerte sich. Das klang so, wie damals in der Schule bei diesem Physiklehrer, so schulmeisterlich. Aus eine Laune heraus umarmte sie Henri, ging zu Mairi und half ihr, sich wieder aufzurichten. Den größten Teil hatte Mairi indessen selbst geschafft, und stand, wenn auch mehr schwankend als stehend. "Komm, ich bringe

Dich in Dein Zimmer." Marga hob das Kinn, sah Joseph bedeutungsvoll an, nahm Mairi unter den Arm und schleppte sie über den Flur.

"Ich zeige indessen Henri, wo er schlafen kann", sagte Joseph und dann zu Henri, "Komm."

"Aber das kann ich nicht …"

Marga hörte die Stimmen der Männer noch brummeln, während sie Mairi auszog, was relativ schwierig war. Kaum lag Mairi auf dem Bett, war sie seufzend eingeschlafen. Stöhnend befreite Marga ihre Freundin von den Kleidern. Dann nahm sie die Decke und deckte sie zu. Schnell verließ sie das Zimmer und schloss leise die Tür. Noch einen Moment länger und sie hätte mit der Hand über Mairis samtige Haut gestrichen.

Draußen traf sie Joseph der grinsend mit dem Daumen hinter sich wies: "Gut, dass wir hier genügend Zimmer haben." Er nahm Marga bei der Taille, zog sie zum Schlafzimmer. "Ich bin todmüde", erklärte er und Marga nickte ergeben. Und ehe sie noch richtig lag, schlief sie auch schon tief und fest.

Das tiefe Gemurmel von Männerstimmen und der Duft frischen Kaffees weckten Marga. Langsam öffnete sie die Augen. Die Tür des Schlafzimmers stand halb offen. Die Sonne schien durch die Fensterläden und malte helle Streifen auf den grauen Teppich.

Nein, ausgeschlafen war sie nicht, aber auch nicht mehr so müde, dass sie gerne weitergeschlafen hätte. Marga setzte sich auf und kratzte sich die Seiten. "Das Frühstück ist fertig!", scholl es aus der Küche. Das war Henri, denn Joseph steckte gerade eben den Kopf durch den Türspalt. "Wenn Madame …"

"Nein, Madame wird sich erst waschen, schminken und dann etwas anziehen."

"Das Letztere kannst Du getrost weglassen." Joseph zog blitzschnell den Kopf ein, sonst wäre ihm Margas Schuh gegen den Kopf gekracht.

"Und Tür zu!", rief sie ihm hinterher. Sie hörte noch sein freches Lachen und musste selber schmunzeln. Ja, sie liebte ihn, diesen Kerl!

"Mairi noch nicht wach?" Marga sah sich scheinbar suchend um.

"Nein, auch nicht unter dem Tisch. Sie schläft wohl noch und wir wollten sie nicht wecken." Henri saß an der Wandseite des Tisches. Er zuckte mit den Schultern: "Soll ich ...?"

"Ich kümmere mich drum." Marga ging in Mairis Zimmer. Eigentlich war es eines der vielen Gästezimmer. Sie hatte sich bereit erklärt es zu nutzen, solange Marga und Joseph zu Besuch waren. Marga schnupperte misstrauisch, als sie ins Zimmer kam. Es roch muffig und nach alten, abgestandenem Alkohol. Verdammt, sie hatte vergessen, das Fenster zu öffnen! Bestimmt hat Mairi mörderische Kopfschmerzen!

Ihre Freundin lag auf dem Bauch oben auf dem Deckbett. Marga ging am Bett vorbei zum Fenster und öffnete die Fensterflügel. Dann drückte sie auf den Schalter für die Jalousien, die sich leise knarrend öffneten. Sofort drang der Lärm der Stadt und frische Luft ins Zimmer. Mairi regte sich.

"Ist es schon morgen?", fragte sie ins Kopfkissen, wodurch ihre Stimme dumpf klang. Marga stand vor dem Bett und sah auf Mairi herunter. Es gab ihr einen Stich in die

Magengrube; Die braune, samtene Haut, die wunderbar geformten Rundungen.

"Bist Du's, Marga?"

"Klar doch." Mairi drehte sich auf den Rücken. Mit schmerzverzogenem Gesicht griff sie sich an die Stirn. "Au. Und wer hat mich ausgezogen?"

"Das war ich. Und, das kommt davon", sagte Marga mit trockenem Hals. Sie setzte sich auf die Bettkante. Sachte streichelte sie Mairis Bauch. "Brauchst Du eine Aspirin?"

"Nö. Das wird schon." Mairi reckte sich verführerisch.

"Woher kennst Du Henri?"

Mairi sah Marga mit halb geschlossenen Augen an. Sie griff nach Margas Hand und drückte sie leicht. Dann schob sie sie tiefer. Marga sah, wie sich Mairis Knospen aufrichteten. "Aus der Galerie. Er suchte Bilder für sein Büro." Sie drückte Margas Hand gegen ihren Venushügel. Schnell zog Marga ihre Hand zurück. Sie hüstelte.

"Komm, steh lieber auf. Die Männer warten mit dem Frühstück."

Mairi schluckte. "Ich beeil' mich", flüsterte sie.

Wieder auf dem Flur, atmete Marga tief durch. Ob sie rote Wangen hatte? Oder man ihre Erregung ansah? Sie holte noch einmal tief Luft.

"Sag ihnen, sie können schon anfangen", klang es faul durch die Tür.

Henri wandte sich aufgeregt an Marga, die eben in die Küche gekommen war und sich einen Stuhl angelte. "Warst Du schon einmal in Mairis Galerie?", fragte Henri

"Nur ganz kurz. Da kamen doch diese Schnüffler …"

"Also nicht richtig, ja? Es lohnt sich. Wirklich. Ich war gestern bei ihr", meinte Henri und biss kräftig in einen Croissant. "Auf der Suche nach Bildern für mein Büro."

"Und, was gefunden?"

"Noch nicht. Ich war ein wenig – abgelenkt?" Sie lachten.

"Aber wieso Mairis Galerie?"

"Keine Ahnung. Ich bin aus dem Wagen gestiegen – da war gerade ein Parkplatz frei geworden – und schon stand ich vor einer Galerie. Sie hatte mir gefallen, weiß nicht warum. Ich bin reingegangen und da stand sie."

"Und Du hast sie einfach angequatscht?", fragte Marga neugierig.

"Nein, das war ich." Mairi stand frisch und duftend in der Tür.

"Du, Mairi?" Joseph sah sie staunend an. "Hattest Du nicht allen Männern abgeschworen – ausgenommen Pasquale?"

"Hallo? Kam ein Kunde in meinen Laden …?"

"Ja", ergänzte Henri, "Und sie hat noch ‚Guten Tag' sagen können ..."

"Und dann haben wir uns angeschwiegen und mit Kuhaugen angestarrt und mit offenen Mäulern dagestanden …"

"Also nicht ganz so, wie Du es sagst – ich meine – also -", Mairi grinste schräg, "- doch, es war so. Zoom, wenn ihr versteht." Sie machte eine entsprechende Geste.

Marga sah Joseph an und schüttelte den Kopf, wie eine Greisin, die die Welt nicht mehr verstand. "Also diese jungen Leute!"

Und Joseph tat das Gleiche. "Ts, ts", machte er.

Nach dem Frühstück fuhren sie zu Mairis Galerie, 'Bilders gucken'. Nach zwei Stunden waren sie fix und fertig, Henri um zwanzigtausend Euro ärmer, Mairi und ihre Künstler um ebendiese Summe reicher.

"Wollen wir nach Hause?", flüsterte Joseph. Und Marga nickte. Henri schien nicht begeistert. *Wer weiß, was er sich vorgestellt hatte?* Marga war es gleich. Sie wollte weg aus dieser großen Stadt.

"Aber, wollten wir nicht noch etwas essen?", fragte Henri.

Unterwegs hielten sie in einem Nest mitten auf dem Lande an. "Übernachten?"

Marga nickte. "Und essen", sagte sie, "und dann ..." Marga ließ offen, was nach dem Essen folgen könnte. Das Hotel lag ein wenig seitwärts. Sie fuhren durch eine Gasse. Unerwartet öffnete sich vor ihnen ein entzückender Platz.

Es war gerade Markttag. Die üblichen Stände für Gemüse, Obst, Käse, Fleisch und Fisch. Es duftete nach Gewürzen, frischem Obst und

Fisch. "Schnell, lass uns einchecken, bevor der Markt schließt", drängte Marga.

Nach zwei Stunden kehrten eine glückliche Marga und ein erschöpfter Joseph ins Hotel zurück. Was den Hunger betraf, so nahmen sie sich beide nichts. Und, nachdem sie sich ein wenig erfrischt hatten, aßen sie, wie wenn sie seit Wochen keine Nahrung mehr zu sich genommen hätten.

"Ich müsste bald zur Pferdefarm und zu meinem Hof", sagte Marga, wie nebenbei.

"Dann tun wir's."

"Möchtest Du denn mitkommen?"

"Hallo? Wer sitzt Dir gegenüber?"

"Joseph?"

"Genau, Dein bester - Freund!"

"Interessiert Dich das ganze Landwirtschaftszeug überhaupt? Das kann ganz schön langweilig werden."

"Mit Dir? Ich werde an Deinen Lippen hängen, Dich vor den zudringlichen Bauern schützen, die Attacken böswilliger Insekten abwehren und überhaupt …"

"Ist ja gut, es reicht", lachte Marga.

MARGA

Der Empfang in Saint Albert war kühl und nass. Der Himmel hatte sich bezogen und es nieselte. Das Gesicht des Stallmeisters spiegelte das graue Wetter wieder und zeigte alles andere als Begeisterung. Er sah Marga mit seinen grauen Augen kühl an, nickte Joseph kurz zu.

"Gehen wir", brummte er und wandte sich um. Seine Schultern schienen Marga gebeugter, sein Gang schleppender.

"Wie geht es ihnen?" Marga hatte aufgeschlossen und lief neben Trubot her. Er schoss Marga aus den Augenwinkeln einen Blick zu und murmelte: "Es geht mir gut, Madame."

"Das freut mich. Wo gehen wir hin?"

"Ins Office?"

"Moment, Monsieur. Lassen Sie uns erst durch den Stall gehen. Mein Bekannter möchte die Farm kennenlernen. Er mag Pferde, wissen Sie."

Wieder zuckte Trubot mit den Schultern. "Wenn Sie wollen?", brummte er. Marga begann sich zu ärgern. Nur die Achtung vor dem Alter machte, dass sie sich zurückhielt. Trubot hielt ihnen die Tür auf. "Bitte."

"Whow!", rief Joseph. Er sah sich mit großen Augen um. "Das ist ja, also, was soll ich sagen? Toll!" Er hielt Trubot an der Schulter fest. "Ihr Werk?"

Der Stallmeister wurde rot. Er hatte verstanden, was Joseph meinte, dennoch fragte er: "Gefällt Ihnen nicht?"

Sofort stieg Joseph auf die Provokation ein. "Nun ja, ich habe es mir anders vorgestellt. Eher so – na ja, eben anders." Joseph formte die Hände zu einem Oval. "Wissen Sie, Spinnweben an den Wänden, Mist auf dem Gang und Pferde, die mit sehnsuchtsvollen Glubschaugen ..." Der Stall glänzte, Joseph grinste Trubot an.

"Ich habe ihn noch kurz vor Monsieur Pierres unerwartetem Ableben renovieren lassen", sagte Trubot ungerührt. Es klang stolz, und das konnte Trubot auch sein. Alles war repariert, frisch gestrichen und glänzte vor Sauberkeit.

"*Er* war *sehr* zufrieden." Sie gingen den langen Gang an den Boxen entlang. Margas gutes Namensgedächtnis machte, dass sie jedes Pferd immer noch beim Namen kannte. Joseph amüsierte sich köstlich.

"Stimmt. Er sieht wirklich aus, wie De Gaulle." Als sie bei den Musketieren anlangten, sah D'Artagnan mit langen Hals aus seiner Box. "Das ist D'Artagnan. Er ist ganz verliebt in mich." Marga dachte an den Ritt mit Pierre um den verschwiegenen See. Und hatte große Lust sofort mit Joseph … Schnell schüttelte sie den Gedanken ab. Später vielleicht!

Später: Trubot hatte ihnen alles gezeigt. Joseph war begeistert. Bei einem Kaffee sahen sie die Bücher durch. Alles Bestens. Die Farm arbeitete mit einem Gewinn, der auch ausreichte, notwendige Instanthaltungen vorzunehmen. Als sich Marga bei Trubot mit einem Kuss auf seine Wange bedankte und ihm die Hände schüttelte, wurde sein Blick weicher. Doch dann fragte er: "Und wie geht es weiter, Madame?"

"Wie gehabt, Monsieur." Sie sah ihn an.

"Ist das so?", druckste er, "Man sagte uns, dass Sie die Farm schließen wollen."

Marga schwieg. Nein, das hatte sie nicht vor! Nicht einmal in Erwägung gezogen. Sie verkniff sich die Frage, wer solch ein Gerücht in die Welt gesetzt hatte. Das war auch nicht relevant. Was könnte sie dagegen tun? Nichts! Nur durch den Gegenbeweis, sind dumme Gerüchte aus der Welt zu schaffen.

Offenbar verstand Trubot ihr Schweigen falsch. Sein Blick wurde wieder kalt. "Nun denn -", er wollte aufstehen.

"Bitte bleiben Sie sitzen, Monsieur Trubot."

Unwillig liess sich der Stallmeister wieder auf seinen Stuhl zurücksinken. Er kreuzte die Arme vor der Brust, wartete.

"Ich möchte, Erstens, dass die Farm weiterläuft. Alles, wie gehabt." Trubot nickte.

"Zweitens", fuhr Marga fort, "Sollen Sie die Leitung der Farm übernehmen." Als Trubot etwas einwerfen wollte, winkte Marga ab. "Keinen Widerspruch. Sie haben eine hervorragende Arbeit gemacht. Ich denke, das hatten sie schon unter Monsieur Pierres Führung getan." Trubot wiegte mit dem Kopf.

Doch es war mehr eine Bestätigung dessen, was Marga bereits erkannt hatte. "Deshalb setze ich viel, nein, mein *ganzes* Vertrauen in ihre Sachkenntnisse. Sie verstehen Pferde und sie verstehen die Wirtschaft. Mehr kann man nicht verlangen." Es war still im Raum. Joseph sah gespannt von einem zum anderen. "Wollen Sie?", fragte Marga.

Trubot schluckte. Dann nickte er. "Es war schon immer mein Traum, Madame", sagte er leise. "Aber mit diesen Sponsoren - ich kenne sie ja nicht richtig."

"Um die werde ich mich kümmern, wenn sie wollen", warf Joseph ein. Und zu Marga: "Ich kenne da so einige Leutchen." Trubot atmete spürbar auf.

"Dann setzen Sie bis morgen einen Vertrag auf. Und erhöhen Sie Ihr Gehalt um zehn Prozent. Einverstanden?"

Jetzt leuchteten Trubots Augen. "Morgen?"

"Morgen. Und dann reden wir über die weitere Zukunft. Ich habe das Gefühl, als wenn Sie einige Ideen hätten, die Sie unbedingt loswerden müssen." Sie erhob sich und gab Trubot die Hand. "Also dann, bis Morgen."

Marga und Joseph gingen auf dem Weg zum Hotel zurück durch den Stall. "Ich muss mich doch von den Pferden verabschieden", erklärte sie Joseph, der die ganze Zeit über kein Wort gesagt hatte. Bei De Gaulle blieben sie stehen. Er hielt sie an den Schultern fest, drehte sie zu sich herum. Dann gab er Marga einen zarten Kuss auf die Stirn. "Ich bin unglaublich begeistert, meine Liebe. Du bist großartig." Er wandte sich ab, streichelte De Gaulle die Nase, der sich das gerne gefallen ließ. "Nicht wahr?", sagte er dem Pferd in die Nüstern, "Sie ist eine großartige Frau." Und wie, wenn das Pferd ihn verstanden hätte, nickte es heftig mit dem Riesenkopf und wieherte laut. Marga und Joseph lachten. Dann nahmen sie sich an die Hand und liefen aus den Stall.

Das Hotel lag genau dem Haus von Pierre gegenüber. Versonnen sah Marga aus dem Fenster, sah die dunklen Fenster des Büros und die seiner Wohnung. Trubot hatte ihr die Schlüssel gegeben, sie hätten einziehen können, doch ein unbestimmtes Gefühl hielt sie davon ab. Sie dachte an seine Eltern, die ältere Rechte hatten. Vielleicht hatten sie Interesse an dem Haus. Sie selbst würde lieber zu Hause, auf ihrem Hof, in ihrem Haus wohnen. Oder bei Joseph. Das wäre Okay.

Sie spürte Josephs weiche Hände auf ihrer Schulter. Ein Glücksgefühl durchströmte sie. Joseph bestürmte sie nicht mit tausenden Fragen oder Ideen. Er nahm sie hin, wie sie war und was sie tat. Sie legte ihre Wange auf seine Hand, rieb sie ein wenig an der warmen Haut. Er hatte seinen Kopf auf den ihren gelegt, schnupperte an ihren Haaren.

"Ich muss mir unbedingt noch die Haare waschen", sagte sie, doch Joseph schwieg und drückte sich nur noch enger an sie heran.

Marga machte sich sanft frei. "Erst Haare waschen", sagte sie und verschwand im Bad. Da stand Joseph aber schon im Türrahmen.

"Möchtest Du zusehen?", fragte sie.

"Helfen?" Er machte einen Schritt auf sie zu. Sie hatte sich zu ihm umgedreht. Es ist ein ganz intimer Moment, wenn ein Paar sich gegenseitig entkleidet. Ganz vorsichtig öffnete sie Josephs Gürtel, dann die Hose und zog sie ihm aus. Marga hatte nur ein Kleid an. Er öffnete den Verschluss am Rücken. Marga hob die Arme. Als kleines Häufchen Stoff landete ihr Kleid neben Josephs Hose. Sie griff nach seinem T-Shirt. Ganz langsam schob sie es nach oben, küsste dabei die freiwerdenden Stellen seiner Haut. Wenig später landete das Shirt auf dem gleichen Haufen. Sie streichelten sich gegenseitig, ihr Atmen wurde heftiger. Dann fanden sich ihre Münder. Eng umschlungen küssten sie sich, begannen ein wildes Spiel mit ihren Zungen. Die letzten Hüllen fielen: Margas Tanga und Josephs Boxershirt.

Joseph küsste jetzt ihren Hals, glitt tiefer, umspielte mit den Lippen Margas Brüste und die wunderbar erregt aufragenden Knospen. Er erreichte nach scheinbar unendlich langer Zeit den Bauch, glitt tiefer, küsste das heiße Dreieck ihres Schoßes und, jetzt auf den Knien, glitt er an ihren Oberschenkeln herab bis zu den Knien. Marga zauste ihm die Frisur, griff fest in seine Haare und zog ihn wieder, jedoch langsam und an den intimen Stellen verharrend, nach oben. Sie legte die Arme um seinen Hals und die Beine um seine Hüften. Marga seufzte, bewegte den Unterkörper ein wenig hin und her. Joseph trug sie zum Bett, legte sie sanft ab, dann trat er einen Schritt zurück. "Du bist so wunderschön", sagte er mit heiserer Stimme und sah sie mit sanftem Blick an.

Der andere Morgen weckte sie eng umschlungen. Wer zuerst erwachte, konnte und wollte keiner klären, es war ja auch nicht wichtig. Wichtig war, zu erwachen, die Augen zu öffnen und den Geliebten zu sehen. Sie schwiegen, so wie sie geschwiegen hatten, auf den Atem des Geliebten gelauscht und endlich ermattet eingeschlafen waren. Marga lächelte Joseph an, streichelte ihm mit leichter Hand über die Wange. Und er bedankte sich mit einem Luftkuss.

"Hunger", stellte Marga fest. Sie drehte sich aus dem Bett und erhob sich langsam. Einen kleinen Moment musste sie sich noch orientieren, dann glitt sie ins Bad. Sie spürte die Blicke Josephs auf ihrer Haut und genoss es.

Marga wusch sich lange und gründlich. Nicht weil sie sich schmutzig fühlte, sondern weil sie sich Zeit lassen wollte. Hier war sie für sich, allein, genug um ihren Gedanken nachhängen zu können. Und sie konnte sich darauf verlassen, dass Joseph ihr die Zeit liess.

Das unbeschreibliche Glücksgefühl war immer noch in ihr, hatte keinen Deut verloren. Sie betrachtete sich kritisch im Spiegel und wenn sie ehrlich zu sich war, dann hatte er Recht. Sie war eine schöne Frau, er war ein schöner Mann. Sie passten zusammen, wie zwei Pantoffeln. Sie lächelte über diese Betrachtung ihrer Äußerlichkeiten, aber es gehörte dazu. Sie hatte auch das sichere Gefühl, dass sie, bei allen Unterschieden, die nicht zu leugnen waren, ein Paar waren. Und sie glaubte, Recht damit zu haben, dass sie, Marga, Joseph einen neuen Lebensinhalt gab, so wie er ihr. Und noch eins machte sie glücklich: Dass ihr Leben mit einem Male so vielfältig, so bunt und so aufregend geworden war. Erst jetzt spürte sie, wie langweilig es gewesen war, einsam, so dass sie sich auf René gestürzt hatte, wie – sie fand kein passendes Wort dafür. Jedenfalls so! Aber er hatte etwas in ihr geöffnet und klargemacht, dass es mehr gab als nur Kuh- und Schweinestall und Ökohof und Landwirtschaft.

Und sie wunderte sich, dass es ihr so leichtgefallen war, die Verantwortung in andere Hände zu geben.

Es klopfte. "Marga? Ich müsste da mal…" Marga lächelte ihr Spiegelbild an. Sie lehnte sich lasziv gegen das Waschbecken. "Dann komm doch."

Vorsichtig öffnete er die Tür, lugte um die Ecke. "Oh, Madame ist noch nicht soweit, pardon."

Marga löste sich vom Waschbecken, und drängte sich eng an Joseph vorbei. Sie spürte, wie er reagierte. ‚Männer', dachte sie gutmütig und ging zu den Taschen, die sie gestern nicht erst ausgepackt hatten. Hinter sich hörte sie ein tiefes Ausatmen und dann die Tür zuklappen. Marga lächelte still in sich hinein.

"Verzeihen Sie, Monsieur Trubot." Marga reichte dem Stallmeister ihre Hand. Er gab ihr einen galanten Handkuss. Dann schüttelte er den Kopf. "Keine Ursache Madame. Ich hatte eh' zu tun."

"Haben Sie sich mein Angebot noch einmal überlegt?"

"Nein, Madame. Ich hatte bereits gestern zugesagt. Was gab es da noch zu überlegen?" Er öffnete die Tür zum Büro. Hinter sich hörten sie die Pferde schnaufen und De Gaulles leises Wiehern. "Ich gehe mal durch die Reihe", sagte Joseph und liess Marga und Trubot allein.

Das Office war bescheiden eingerichtet. Ein Schreibtisch, auf dem ein uralter, schwerer und riesiger Röhrenbildschirm eines Computers Platz gefunden hatte. Papiere, Schreibzeug darauf, dahinter ein abgeschabter Ledersessel, Regale voller Ordner und Bücher über Pferde. An der rechten Wand das Druckbild eines edlen Arabers in der typischen Haltung. Zwei einfache Stühle komplettierten die Einrichtung.

Trubot hielt Marga den Ledersessel bereit, doch Marga lehnte ab. "Das ist Ihr Platz." Sie ging an Trubot vorbei und setzte sich auf einen der Stühle. "Wollen wir?" Trubot nickte, ging zum Sessel, setzte sich umständlich und schlug einen Aktenordner auf. "Wie sie gestern angeordnet hatten, Madame, hier der Vertrag." Marga überging den subalternen Ton. *Wenn er es so will,* dachte sie. Sie nahm die Schriftstücke und begann zu lesen. Aus den

Augenwinkeln beobachtete sie, wie Trubot sie beobachtete.

Es war ein Vertrag, wie man ihn aus dem Internet herunterladen konnte. Trubot hatte die entscheidenden Passagen ergänzt oder gestrichen, was nicht hineingehörte. Sie nickte zufrieden. So ähnlich hatte auch Jaques Vertrag gelautet.

"Ihr Einverständnis vorausgesetzt, habe ich schon einen Termin mit dem neuen Notar gemacht." Trubot sah auf den Schreibtischkalender. "Donnerstag um zehn in Saint Albert.", brummte er. Er sah sie von unten an. Marga nickte wieder. "Einverstanden. Und nun, lassen Sie uns über die Zukunft reden."

"Komm, ich muss Dir etwas zeigen." Marga zog Joseph aus dem Stall. Sie war rundherum zufrieden. Mit dem Vertag, mit dem, was sie mit dem Stallmeister besprochen hatte. Es entsprach genau dem, was sie eigentlich Pierre empfehlen wollte. Fantastisch, wie sie sich mit Trubot plötzlich verstand! Dabei hatte sie gedachte, er könne sie nicht leiden. Doch die Spannung rührte eher daher, dass Trubot, so gestand er ihr im Gespräch, Angst hatte, weggeschickt zu werden. Er hatte ihre Kompetenz gespürt und geglaubt, sie werde ihn von seinem Posten vertreiben.

Joseph sah sie schief grinsend an und Marga ließ sich willig zum Auto ziehen. Sie nutzten einen der Jeeps, die die Farm besaß.

"Nachher ziehen wir um", sagte sie in den Fahrtwind. Lang ausgestreckt genoss Joseph die kurze Fahrt über die Feldwege. Schweigend sah er in die Landschaft, dann wieder zu Marga. Wenn es einen verliebten Blick geben kann, dann waren das die verliebtesten Blicke, die Marga je zugeworfen worden waren. Dann hielten sie am Teich.

Es duftete nach Spätsommer, nach Laub, reifen Beeren und schon fallendem Laub. Die Luft war rein, warm, voller Insektengesumm. Ohne lange zu zögern, zog sich Marga aus und lief zum Wasser. Joseph sah ihr kopfschüttelnd hinterher, dann entkleidete er sich auch. Vorsichtig testete er die Temperatur. Warm! Und bevor er auch nur einen Schritt machen konnte, war er quatschnass, denn Marga hatte sich angeschlichen und bespritzte ihn.

Sie tobten im warmen Wasser, dann lagen sie im flachen Ufer und ließen sich ein wenig umspülen und schnauften, bis ihr Atem sich endlich beruhigt hatte.

"Dich verbindet eine schöne Erinnerung mit dem Ort? Pierre?"

Marga nickte und sah schuldbewusst zu Joseph.

Der sah zum Himmel. Sein Atem ging jetzt ruhig und gleichmäßig. Die Brust hob und senkte sich. "Möge ihm die Erde leicht sein." *,Was sollte er auch sagen?',* dachte Marga. Aber seit sie Joseph kennengelernt hatte, wusste sie, dass sie Pierre sympathisch gefunden hatte, aber nicht richtig geliebt. Nicht mehr. Nicht mehr? Das stimmt so nicht! Marga hatte das Gefühl, dass in ihrem Herz riesig viel Platz für Liebe war. Es war, wie wenn sie jetzt nachholen müsse, was sie jahrelang vorher nicht bemerkt, ignoriert oder wofür sie keine Zeit gehabt hatte. Sie suchte Josephs Hand und drückte sie. Sie sah Jaques vor sich, den sie genommen hätte, oder René und auch Pierre. Alle hatten Platz in ihrem Herzen gefunden.

Aber den einzig wahren, den hervorragenden, den Thron, den nahm Joseph jetzt ein.

"Erzählst Du mir von Pierre?"

"Nicht jetzt."

"Hm."

Schweigen.

"Ich glaube, er war ein interessanter Mann."

"Ja."

"Eine großartige Idee."

"Was?"

"Na, diese Pferdezucht. Ich mag De Gaulle."

"Was? De Gaulle?"

"Ja. Er ist so einsam, wie Politiker einsam sind."

"Hm. Trubot sucht eine Partnerin für ihn."

"Ihr versteht euch gut, du und der Stallmeister."

Schweigen.

"Jetzt erst. Er hatte Angst, ich würde ihn verdrängen."

"Und, wolltest Du?"

"Nie und nimmer. Der Mann besitzt ein Fachwissen! Al la Bonheur!"

"Und der Vertrag?"

"Ich gebe ihn Dir nachher. Lies ihn durch und sage, was DU davon hältst."

"Ich möchte mit Dir schlafen."

"Jetzt?"

"Sofort."

Sie fanden einen Parkplatz ganz in der Nähe des Marktplatzes von Saint Albert. Trubot ging vor, durch eine schmale Gasse und bog in einen Torbogen, der zu einem winzigen Hof führte. Es roch nach Feuchtigkeit, Wäsche und noch etwas, das Marga nicht erkennen konnte.

Ein nagelneues Messingschild neben der Tür verkündete, dass hier ein Notar residiere. Ein gewisser H. Mercier. Auf ihr Klingeln hin brummte der Türsummer. Marga schob die Tür auf. Sie traten in einen dunklen Flur. An dessen Ende öffnete sich eine Tür.

"Henri?", fragte Joseph und machte einen langen Hals. Marga bekam einen Stich ins Herz. Sie atmete hörbar ein.

Henri lehnte lässig im Türrahmen. "Herein, mit euch", rief er. "Setzt euch."

Marga sah sich in Henris Büro um. "Ich dachte, Du arbeitest bei der Bank?"

"Nicht mehr. Ich habe genug davon. Außerdem wäre ich in Kürze eh ausgestiegen. Das Verfahren, die Notarstelle zu bekommen, lief ja schon eine Weile. Und da Pierre, sozusagen, ausgefallen ist, wurde ich bestellt." Während er das sagte, kramte Henri auf seinem Schreibtisch herum. "Die alten Lacroixes bieten mir Pierres Büro an …?"

"Das ist gut. Es ist repräsentativ. Nicht, wie dieses Loch hier."

"Ich hatte Angst, Du hättest was dagegen." Schuldbewusst grinsend wendete er Aktendeckel auf Aktendeckel und schob Papiere hin und her. "Ah, hier ist es ja!" Er zog einen rosa Aktendeckel hervor.

"Aber, Du hast doch gut verdient, bei der Bank. Warum plötzlich…" Joseph war immer noch irritiert.

"Der Stress, wisst ihr. Bevor ich einen Herzkasper bekomme, dachte ich mir, steige ich aus und gehe aufs Land. Hier ist es herrlich ruhig."

Und tatsächlich, Henri sah entspannter aus als in Paris. Und sogar die Bilder hatte er mitgenommen. Sie hingen dekorativ an den etwas maroden Wänden. Er sah Margas Blick.

"Wird schon noch, Marga. Ich bin erst seit kurzem hier und ihr seid meine dritten Mandanten." Er grinste genauso schief, wie Pierre und Joseph.

"Was hältst Du von Henri?" Josephs Frage ging beinahe im Lärm des Straßenverkehrs unter. Die Fenster des Ferrari standen offen und der Fahrtwind zerrte an ihren Haaren.

Marga zuckte mit den Schultern. "Seltsam ist das schon. Wer steigt freiwillig aus solch einen lukrativen Job aus."

Das Mobile, welches Joseph von den Schlapphüten bekommen hatte, klingelte, genauer, es spielte eine Sequenz aus "Amerika" von Rammstein, einer deutschen Punk-Band. Er grinste sie schuldbewusst an. "Hab ich mir drüben raufgeladen. Die Melodie macht Tote wieder lebendig." Das stimmt, denn für französische Ohren klingt der Gesang eher brutal und abgehackt.

"Ja?" Marga sah mit einem kurzen Seitenblick, dass sich Josephs Miene verhärtete. Ein Blick, der jeden vor Joseph warnte. Joseph hörte konzentriert zu, nickte, sagte "Aha" oder "Hm." Dann beendete er das Gespräch und steckte das Mobile wieder in die Jackentasche. Marga platzte vor Neugierde, verkniff sich aber, das zu zeigen.

"DGSE."

"Aha." Sie spürte, dass Joseph nicht bereit war, darüber zu reden. Noch nicht. Also schwieg sie und fuhr konzentriert weiter.

In Saint Albert noch hatte sie ihn gefragt, ob es etwas Neues gebe. Doch Joseph schüttelte nur den Kopf. "Keine Ahnung. Seit deren Besuch neulich, habe ich nichts Neues vernommen."

"Und dieser Johnson?"

"Nix. Schweigen."

Sie gaben das Auto in Caen ab, riefen Jaques an, dass er sie vom Markt abhole. Morgen Mittag, denn Marga wollte Joseph ein wenig von der Gegend zeigen. In einem schon älterem Renault Cabrio fuhren sie durch die Normandie.

"Entzückend." Joseph drehte den Kopf hin und her. "Hier lebst Du also?"

"Lebte! Zurzeit bin ich heimatlos!"

"Ach Unsinn. Hier ist Deine Heimat. Hier steht Dein Haus, hier wurdest Du geboren."

"Na ja. Wenn Du meinst."

Die Landschaft flog an ihnen vorbei. Felder, in voller Frucht. Hier und da begann man die Ernte oder war schon wieder bereit zur neuen Aussaat. Weiden, winzige Wälder lösten Dörfer und kleine Städtchen ab. An den Straßenrändern standen hohe Hecken. Sie erreichten die Küste bei Vierville-sur-Mer.

"Der Ärmelkanal, Joseph. Joseph, der Ärmelkanal", stellte Marga vor. Sie gingen zwischen den Dünen entlang zum Strand. Es war ein warmer Spätsommertag. Noch nicht ganz Mittag, daher war der Strand wenig besiedelt. Joseph zog seine Schuhe aus und Marga raunte ihm ins Ohr: "Mehr."

Doch Joseph lachte und zog sie an der Hand zum Wasser. Als er mit den Füßen hineintappte, zuckte er zusammen. "Kalt! Eisig kalt." Empört drehte er sich um. "Und in diesem Eiswasser geht ihr baden?"

Marga lachte. Sie lachte sosehr, dass sie sich setzen musste. Dann liess sie sich auf den Rücken fallen. Der Sand war warm und weich. Wie lange war sie schon nicht mehr am Kanal gewesen? Es mussten Jahrzehnte her sein.

Als Mädchen mit zwölf, dreizehn war sie mit ihrem Vater hier gewesen. Sie erinnerte sich, wie sie nach ihrem ersten Bad im Salzwasser des Kanals gefroren und es trotzdem wunderbar gefunden hatte. Papa saß derweil auf seinem Jackett, dem guten Ausgehjackett, dass er nur anzog, wenn er ausnahmsweise - und dies sehr zum Verdruss des Pfarrers – in die Kirche ging. Das war noch zu der Zeit, als Mutter noch lebte. Oder ins Dorf ging, ein Glas Rotwein zu trinken und einen Schwatz, mit den Leuten dort zu halten.. Er war ein sehr, sehr bescheidener Mann. Irgendwie muss das auf sie abgefärbt haben. Und sie hatte genau dasselbe gerufen: "Kalt!"

Marga lachte immer noch, bis sie einen Schwall Meerwasser ins Gesicht bekam. Erschreckt fuhr sie auf und traf direkt auf die gespitzten Lippen von Joseph. Es wurde ein sehr salziger Kuss.

Irgendwann lagen beide dann nebeneinander auf der Decke und sahen in den hellblauen Himmel. Schäfchenwolken zogen langsam von Südwest nach Nordost. "Es ist schön hier", flüsterte Joseph. "Eigentümlich schön."

"Wie?"

"Na so still. Es ist eine Gelassenheit in der Landschaft. Hast Du das gemerkt? Es ist, als wenn sogar die Mähdrescher langsamer sind. Als wenn sie unendlich viel Zeit hätten. Morgen …"

"Aber die Autofahrer nicht!"

"Nein, die nicht. Da ist es egal. Ost, Süd, West, Nord. Egal. Auf der Straße hat keiner Zeit. Alle wollen schnell an irgendein Ziel."

Größer Wolken schoben sich nun über den Horizont. In ihrem Schatten wurde es kühl. Sie hatten sich aufgesetzt. "Es wird bald regnen", flüsterte Marga. Ein feuchter Wind blies jetzt, das Wasser des Kanals färbte sich graugrün. Kleine Schaumkämme bildeten sich auf den Wellen. Ein riesiger Tanker kreuzte von Ost nach West und schob eine mächtige Bugwelle vor sich her. Ein paar Segelboote tanzten auf den Wellen und eine Fähre kam weiß leuchten über den Kamm aus dem Norden.

"Die Fähre nach Calais?", fragte Joseph faul.

Marga zuckte mit den Schultern. "Kann sein."

Tief atmete sie die salzige Seeluft ein. Es war, als wenn ihre Lungen seit Jahren auf diesen Genuss gewartet hätten. Und Joseph tat es ihr gleich und atmete im selben Rhythmus. Er sah sie dabei an und auf ihren Busen, der sich hob und senkte, und hatte *so etwas* im Blick. Marga sah ihm in die Augen und versank in der tiefen, dunklen Bräune seiner Pupillen. Sie küssten sich lange und ausgiebig und vergaßen ihre Umgebung, bis ein kühler Wind über ihre Körper strich und kleine Regentropfen auf sie fielen.

"Ist das hier immer so?"

Marga brummte ein 'ja' in Josephs Ohr.

"Ich glaube, dann wir sollten langsam von hier verschwinden", flüsterte Joseph zurück und konnte sich einfach nicht von ihr trennen. Marga erging es ebenso. Seufzend ließen sie dann doch voreinander, denn der Wind war kälter geworden und der Niesel stärker.

Zum Glück war das Dach des Kabrios geschlossen. So konnten sie, wenn auch ein wenig feucht, rechtzeitig ins Trockene schlüpfen.

Marga fuhr zurück. Doch unterwegs zwang sie ein Regenguss an den Straßenrand, denn es war nichts mehr zu erkennen, außer den Bremslichtern der Autos, die, wie sie, vor ihnen hielten und den Scheinwerfern hinter ihnen. Ein Blitz und sofort darauf ein gewaltiger Donner ließ sie zusammenzucken. "Mann!", rief Joseph. "Was haben wir denn falsch gemacht, dass die Götter uns strafen?" Und da sie noch den Regen abwarten mussten, küssten sie sich, bis hinter ihnen jemand hupte. Die Fahrt ging weiter.

HOFGESCHICHTEN

Als sie durch das Tor zu Margas Gut fuhren, seufzte sie unwillkürlich auf. Sie kurvte elegant ein und hielt zielgenau vor der Eingangstür. "E voila, Monsieur."

Marga stieg aus, sah sich um, während sich die Männer des Gutes um sie versammelten, das wenige Gepäck aus dem Kofferraum luden und ins Haus brachten. "Hallo, Jaques. Bin wieder da."

Tief atmete sie ein, nahm den feinen Geruch nach dunkler Erde, dem Vieh und Getreide in sich auf. *Ein besonderes Parfum*, dachte sie und erinnerte sich an Grasse.

Joseph stand neben ihr, die Hände auf dem Rücken und schnupperte wie Marga. "Landluft."

Im Grunde war alles noch so, wie sie es vor Monaten verlassen hatte; Abgekämpft, müde, reif für die Insel. Das realisierte sie eben jetzt erst und war glücklich, damals die richtige Entscheidung getroffen zu haben. Denn trotz der momentanen Müdigkeit fehlte dieser besondere Stressfaktor, der sie früher immer bedrückt hatte.

"Das also ist Dein Zuhause", stellte Joseph fest. "Es gefällt mir. Alles ist so lebendig, nichts Künstliches."

"Würdest Du hier leben wollen?", fragte Marga leise.

"In einer Woche."

"Was, in einer Woche?"

"Sag ich es Dir. In einer Woche. Hier, vor der Treppe zu Deinem Heim. Einem schönen Heim. Ein Nest."

"Dann lass uns erst einmal kuscheln gehen, im Nest." Marga lächelte still und zog Joseph hinter sich her. Im Weggehen sagte sie zu Jaques: "Wir sehen uns in einer Stunde."

Es waren mehr als eine Stunde, denn Marga musste erst ausgiebig duschen. Das tat sie noch gemeinsam mit Joseph und es erinnerte sie an René. Sie jagte Joseph aus dem Bad. Dann war die Frisur dran und zuletzt durchwühlte sie ihren Kleiderschrank und stellte zum wiederholten Mal fest, dass sie nichts anzuziehen hatte, während dessen Joseph auf dem Bett saß und ihr zusah, wie sie Wäsche und Kleider und Hosen und Shirts und Blusen aus dem Schrank zerrte und auf dem Bett bunt durcheinander drapierte, wieder zurücktat, bis er ein Einsehen hatte und sie an sich zog. "Ruhig, Braune, ruhig", wisperte er ihr ins Ohr und ließ sich auf den Rücken fallen. Und Marga lag auf ihm. Sie hatte die Arme aufs Bett gestützt, sah an ihm herunter. "Hast Du auch nicht anzuziehen?"

"Mir geht es wie Dir."

"Ärmster. Komm, wir trösten uns."

"Ja. Und dann ziehen wir unsere heruntergekommenen Lumpen wieder an und gehen ins Geschäft."

"Richtig, das tun wir." Und verschloss Josephs Mund mit einem langen Kuss, und ließ sich streicheln, und zitterte dabei ein wenig, und schnurrte wie eine Katze in Josephs Ohr: "Mehr …"

Jaques saß am langen Tisch in der Küche und erwartete Marga. Ein kleiner Imbiss stand bereit und die obligatorische Kanne mit starkem Kaffee. Ein wenig zog er die Augenbrauen zusammen, denn seine Zeit war kostbar. Er hatte viel zu tun. Da waren noch Formulare auszufüllen und die Buchhaltung zu kontrollieren. Außerdem war ein Rundgang über die Weiden fällig und er hatte für Marga etwas Besonderes, eine Überraschung. Doch die kam zuletzt.

Als Marga eintrat, Joseph im Schlepptau, erhob er sich. "Nochmals, herzlich Willkommen, Marga, ..." Er schwieg und sah erwartungsvoll Joseph an.

"Äh, ja, Joseph. Nennen Sie mich einfach Joseph", sagte Joseph.

"Joseph, also", brummte Jaques, und setzte sich. Er hatte zu akzeptieren, wen Marga mitschleppte. Und wenn es der Teufel selbst war. Es ging ihn nichts an. Innerlich zuckte er mit den Schultern und beobachtete dennoch eifersüchtig Margas Begleiter. *Hoffentlich ist er gut genug für Marga*, dachte er. *Sie ist zu kostbar, zu zerbrechlich.* Er spürte ein zärtliches Gefühl für seine Chefin, der Puls schlug heftig gegen seine Schläfen. Schnell fasste er sich, griff zu einem blauen Ordner, klappte ihn auf. "Wenn Du möchtest?"

Doch Marga wollte nicht. Innerlich war sie noch zu warm und weich für das harte Geschäft. "Ich würde mir gerne das Gut ansehen." Sie hatten die ganze Zeit via Internet und Skype in Verbindung gestanden, Marga kannte jede noch so geringe und scheinbar unwichtige Zahl. Das Ergebnis des Betriebes konnte sich sehen lassen. Selbst bei den gegenwärtig fallenden Preisen reichte es immer noch aus, das Unternehmen gewinnträchtig zu bewirtschaften.

Nein, Marga interessierte viel mehr, wie es ihren Tieren ging.

Sie gingen zuerst zu den Schweinen. Joseph rümpfte die Nase. Schweine! Und dabei aß er gerne mal ein Stück vom Schwein. In den großen Gattern lagen die Tiere gelassen in ihren Kuhlen. Die Sauen sahen interessiert auf, als sie an die Gatter traten und ließen sich dann faul auf die Seite fallen. Nichts zu fressen, nicht interessant! Doch für die Ferkel aller Größen waren die Besucher höchst interessant. Es gab so viel zu riechen!

"Ein schweres Leben haben die Viecher bei Dir", grinste Joseph. Das hatte er nicht erwartet! Er kannte es aus dem Fernsehen anders.

"Das ist ja der Gedanke an diesem Hof." Und Jaques ergänzte: "Die Tiere sollen es guthaben, bis wir sie, naja, verarbeiten." Er zuckte mit den Schultern. "Ist halt so." Er schob einem Ferkel ein Stück Brot zu, was zu einer Aufregung führte, die sogar die Sauen die Köpfe heben ließ.

Jaques führte fort: "Das Fleisch ist einfach köstlich. Sie bekommen alles, was sie gerne fressen und etwas Kraftfutter dazu. Die frische Luft, das Futter und das ruhige Leben machen es aus. Ab und an lassen wir sie auf eine Weide. Da graben sie den Boden um und um. Wir müssen ihn danach nur noch ein wenig glätten. Nach den Schweinen wächst das Gras, als hätten wir es gedüngt."

Vier Stunden später saßen sie an einer langen Tafel, mitten auf dem Hof. Alle Mitarbeiter waren darum versammelt, der Tisch war reichlich gedeckt. Es duftete nach Gebratenem und Geschmortem. Eine ganze Gans, braun und knusprig stand in der Mitte. Kartoffeln dufteten und Saucen schwappten in breiten, gemütlichen irdenen Schüsseln. Blumengebinde lagen auf der schneeweißen Tischdecke. Stolz verkündete Jaques: "Alles aus eigener Produktion!" Er zeigte auf Urkunden in billigen Rahmen, die auf der Tafel standen: die Bestätigung der geprüften Produktion.

Joseph war noch ganz begeistert von den Rindern und der kleinen Gruppe stolzer Kaltblüter, schweren Arbeitspferden, die in der Forstwirtschaft halfen. Man nahm sie immer noch gern als Rückpferde, wenn der Boden den Transport von Baumstämmen mit Maschinen nicht zuließ.

Jaques hielt eine kurze Rede, bedankte sich in Margas Namen für die Arbeit (er machte mit den Händen ein Zeichen) und präsentierte eine Überraschung.

"De Gaulle!", rief Joseph, als das Pferd auf den Hof geführt wurde. Doch es war nicht De Gaulle. Es war eine Stute aus De Gaulles Rasse, die Jaques, der alle Hebel in Bewegung gesetzt hatte, um Marga ein passendes Tier zu beschaffen, herbeigezaubert hatte.

Die Runde lachte bei Josephs Ausruf und klatschte, als Joseph aufsprang, und die Dame Pferd beim Zügel nahm. "Wie wollen wir sie nennen?"

"Sie hat schon einen Namen", rief einer der Mitarbeiter. "Sie heißt Marianne."

"Sehr patriotisch, aber das geht nicht." Joseph dachte einen Moment nach. "Wir nennen sie Madame Pompadour."

Marga war aufgestanden und ging langsam auf Madame Pompadour zu. Die schaute ihr erwartungsvoll entgegen. Sie hatte einen ebenso großen Kopf und die lange Nase dieser Rasse. Ihre gutmütigen, dunklen Augen fixierten ihre neue Herrin. Und zum Zeichen, dass sie Marga akzeptierte, stieß sie ihre Nüstern gegen Marga Schultern.

"Wir haben da einen wunderbaren Bräutigam für Dich", flüsterte Marga. Madame schüttelte zwar den großen Kopf, doch das bedeutet nicht unbedingt Ablehnung.

Marga drehte sich zur Tafel. "Danke. Vielen lieben Dank, euch allen." Und zu allem Überfluss rannen ihr ein paar Tränen aus den Augen. Doch die Männer freuten sich mit ihr und klatschten und dann stießen sie mit den Gläsern an. Und als einer begann, ein Lied anzustimmen, ein wildes normannisches Lied, begann ein wunderschöner Abend. Und die Feier ging lange, denn sie hatten sich um ein Feuer gesetzt und tranken Rotwein und Bier, und sangen bis sie müde wurden, denn es war nicht mehr lange bis Sonnenaufgang.

Vier Tage blieben sie, dann musste Marga nach Saint Albert. Madame Pompadour wurde rossig. Die Gelegenheit, sie mit De Gaulle bekannt zu machen. Allerdings war Madame strikt dagegen, in den Transporter zu steigen. Das Spielchen hatte sie schon beim Hertransport getrieben und Jaques war schier verzweifelt. Irgendwie war es ihnen dann doch gelungen.

Aber nun stand Madame fest auf ihren vier Beinen und rührte sich nicht einen Schritt vom Fleck. Marga sah amüsiert von der Eingangstür zu, wie vier Männer versuchten Madame zum Einsteigen zu überreden. Sie flüsterten ihr etwas ins Ohr, hielten Äpfel und Möhren vor ihre Nase. Doch die Dame schüttelte den großen Kopf und stand unverrückbar fest.

Eben wollte Marga losgehen, als Joseph sagte: "Lass mich mal." Er grinste sie dabei an, selbstbewusst und siegessicher. Marga grinste zurück und erwartete ein Amüsement höchsten Grades.

Joseph sprach mit den Männern, die sich ein Stück verzogen und aus der Ferne beobachten wollten, wie Joseph sein Waterloo erleben würde.

Erwartungsvoll sah Madame Pompadour Joseph entgegen. Doch der tat, als würde er sich für sie nicht interessieren, ging an ihr vorbei. Unsicher spielte sie mit den Ohren. ‚Was denn nun los?‘, schien sie zu denken. Sie wendete den Kopf zu Joseph, aber der war schon auf der anderen Seite. Er hatte einen Eimer mit Wasser dabei.

Kräftig klopfte er der Pompadour auf den Hals. Dann zog er ihren Kopf zu sich herunter und flüsterte ihr etwas ins Ohr. Madame stieß Joseph mit der Nase an und Joseph ging einfach zum Wagen, die Dame folgte. Und machte den ersten Schritt auf die Rampe und den zweiten und war kurz darauf im Transporter verschwunden.

Marga schob die Unterlippe vor und nickte anerkennend als Joseph wiederauftauchte.

"Was hast Du Madame gesagt?"

"Ich habe ihr Bettgeschichten erzählt", log Joseph und hüllte sich in vornehmes

Schweigen, wofür er einen Stoß mit der Faust vor die Brust bekam. Er lachte und genoss den Beifall der gestandenen Landleute.

Die Begrüßung der Madame Pompadour durch Herrn De Gaulle fiel kühl aus. Nicht, dass Madame nichts versucht hätte. Es war der Herr, der sich wohl gestört fühlte, auf seiner Koppel. Er drehte der Dame einfach den dicken Hintern zu. Wenn sie gekonnt hätte, wäre sie wohl schulterzuckend abgezogen. So stand sie ein wenig irritiert auf der Koppel und sah sich hilfesuchend um.

"Blöder Kerl", kommentierte Marga, "solch ein Angebot auszuschlagen!" Währenddessen der Stallmeister wissend grinste, und Joseph den Kopf schüttelte.

"Das wird schon. War wohl ein wenig zu lange einsam", brummte Trubot. "Lasst sie", er wies auf Pompadour, "erst einmal richtig rossig sein, dann geht er ab, wie - oh Pardon, Madame."

Marga hob das Kinn und meinte, von oben herab: "Männer!"

Drei Tage später kam es zur erhofften Vereinigung. Einer der Stallarbeiter kam gelaufen, als Marga und Joseph auf dem Balkon beim Abendessen saßen. "Es ist soweit! Sie tun's!", rief er nach oben und zeigte in die Richtung der Koppel des jungen Paares.

"Möge Gott sie mit einem reichen Kindersegen beglücken", murmelte Joseph mit vollem Mund.

"Ich denke Du bist Atheist?"

"Bin ich auch. Aber man weiß ja nie."

"Wollen wir es uns ansehen?"

"Nee. Oder magst Du es, wenn uns jemand zusieht, dabei?"

"Bei was?" Marga tat unschuldig.

"Na dabei, Du weißt schon."

"Zeigst Du mir, was Du meinst?"

"Mit vollem Mund?"

Mit einem anzüglichen Grinsen stand Marga auf.

WINTER

Winter an der Cote Azur. Marga saß auf der Terrasse und blinzelte in den tiefblauen Himmel. Sie schaukelte leise in der Relaxliege, zugedeckt zwar, einfach so, denn es könnte ja kühl werden.

Kein Vergleich mit der Normandie! Wenn die nassen Westwinde in der Biskaya genügend Wasser aufgeweht und zu mächtigen grauen Wolken zusammengeballt hatten! Sie regneten rechtzeitig, bevor sie über den Kanal nach England abbogen, über Margas Heimat ab. Ganz zu schweigen von den eisigen Stürmen, dem alle Geräusche verschluckenden Nebel und den gelegentlichen Frosteinbrüchen. Aber auch mit den sonnigen Tagen, kalt zwar, aber hell, wie der blasse Himmel mit seinen schnell dahinfliegenden Wölkchen. Sie war an solchen Tagen gerne zur Küste gefahren, hatte sich an den Sandstrand gesetzt oder an den Rand einer hohen Klippe, und auf das Meer gesehen, die Möwen beobachtet und Schiffe gezählt. Es waren die wenigen Momente, in denen sie sich richtig entspannte.

"Was denkst Du?"

"Das ist eine Frauenfrage", murmelte Marga faul. Es war Sonntag. Es war still. Es war warm. Genügend Gründe um faul zu sein.

"Und?" Joseph ließ nicht nach.

"Ich denke", Marga machte eine kurze Pause, "Ich denke, es geht mir gut."

Das Telefon läutete. Joseph stand stöhnend auf und ging ins Haus. Marga hörte seine brummende Stimme: "Nein!"

Mit einem unguten Gefühl in der Magengegend setzte sich Marga auf. "Was ist?", fragte sie, und hatte dabei das Gefühl, als wenn sie mit hundertdreißig einen Berg herabrasen würde. Joseph hielt ihr den Hörer hin. Seine Augenbrauen waren zusammengezogen. "Ich besorge schon mal einen Flieger", murmelte er.

"Marga?" Es war Jaques Stimme. Sie klang besorgt und schuldbewusst. "Es ist etwas passiert."

"Was denn, bei Gott?" Marga wurde ungeduldig.

"Es hat gebrannt."

"Ja? Wo, was?" Sie verdrehte die Augen. "Jemand verletzt?"

"Der Rinderstall. Ein paar Tiere haben es nicht geschafft. Und Joss ist schwer verletzt. Er liegt im Krankenhaus."

"Joss? Verdammt!" Sie hörte am anderen Ende der Leitung ein Schluchzen. "Schwer?"

"Schwer." Joseph winkte ihr zu und zeigte auf die Uhr. Dann hob er einen Finger.

"Wir kommen. Fliegen in einer Stunde los!"

"Danke." Bevor das Gespräch unterbrochen wurde, hörte sie eine raue, herrische Stimme: "Monsieur. Wir haben zu reden." Dann knackte es im Hörer.

Marga lehnte sich zurück, schloss die Augen. *Man soll sein Glück nicht versuchen! Was, bei allen guten Geistern habe ich getan, dass sie mich strafen? Und was ist mit Joss?* Unruhig kletterte sie von der Liege. *Tasche packen, reisefertig machen!* Sie warf unkonzentriert irgendwelche Kleidungsstücke in eine Reisetasche, stopfte ein Schminkköfferchen dazu.

"Ich warte!", hörte sie Joseph rufen. "Pack nur in aller Ruhe. Wir schaffen es in aller

Gemütlichkeit zum Flughafen." Doch Marga hatte keinen Nerv für Gemütlichkeit. Sie stapfte die Treppen hinunter in die Garage. Joseph saß bereits im SLK. Als sie sich neben ihn setzte, sie hatte nicht die geringste Lust zu fahren, fragte Joseph: "Du bist doch gut versichert?"

"Ich hoffe doch."

Joseph schüttelte den Kopf, sagte aber nichts dazu und Marga gab es einen Stich ins Herz. Hoffentlich. Nicht, das wer vergessen hatte, zu bezahlen. Das fehlte gerade noch.

Der Pilot des Learjets erwartete sie bereits an der Gangway. "Madame, Monsieur."

Nachdem der Flieger abgehoben hatte, griff Joseph nach Margas Hand.

"Joss, ein Mitarbeiter hat schwere Verletzungen davongetragen", las Marga vom Display ihres Handys ab. "Wir fahren zuerst ins Krankenhaus", bestimmte Marga.

"Joss? Der Mann von Jaques?"

"Ja." Den Rest des Fluges schwiegen sie.

Ein Taxi brachte sie ins Kreiskrankenhaus. Marga fror, obwohl das Taxi gut geheizt war. Aber alles schien so grau, kalt, abweisend. Sie fanden Joss dick verpackt und am ganzen Körper verbunden in der Notaufnahme. Zwei Schwestern kümmerten sich um ihn. "Er schläft, Madame." Und die zweite ergänzte: "Er hat große Schmerzen." Als Marga sie fragend ansah, sie konnte kein Wort herausbringen, ergänzte die Schwester: "Verbrennungen zweiten und dritten Grades am ganzen Körper. Er ist unter das einstürzende Dach geraten, als er ein Kälbchen herausholen wollte." Sie seufzte tief auf, und Marga brach es fast das Herz. "Ein Feuerwehrmann hat ihn unter Lebensgefahr geborgen." Jetzt erst sah sie die Schwester an. "Sind sie verwandt?"

"Nein, er ist ein Mitarbeiter von mir. Und ein guter Freund." Es war Marga wichtig richtigzustellen, dass sie nicht hier war, weil sie sich Sorgen um eine Arbeitskraft, sondern um einen Freund machte. Heutzutage sehen es manche Leute anders.

"Lassen Sie mir ihre Telefonnummer hier. Ich lasse Sie informieren, wenn sich etwas geändert hat. Wir müssen ihn in die ‚Intensive' schaffen." Sie wandte sich ab und beide

Schwestern schoben Joss aus dem Raum. "Danke", flüsterte Marga.

Auf dem Gut sah es schrecklich aus. Nicht nur der verbrannte Stall, das war nur eine Sache, die man wiederherstellen konnte, sondern die vielen toten Tiere, die man noch nicht wegschaffen konnte. Sie lagen als unordentliche Haufen neben der Ruine in den Löschwasserpfützen und Schuttresten. Und auch aus den Trümmern ragten noch die verbrannten Körper der Tiere, die es nicht nach draußen geschafft hatten. Die Feuerwehrfahrzeuge hatten tiefe Spuren in den Boden gegraben und waren schon wieder abgefahren. Nur ein Polizeifahrzeug und der SUV der Brandermittler standen vor ihrem Haus. Die Mitarbeiter hatten sich an der Treppe versammelt. Sie schienen auf etwas zu warten. Jaques fehlte.

"Madame, sie sind da drin", sprach David sie an, "Jaques und die Flics."

"Hat man ihn verhaftet?" David zuckte mit den Schultern. "Ist wohl besser, Sie gehen 'rein."

Marga zwängte sich an der Gruppe vorbei. Im Flur stand ein Polizist und sah sie an. "Madame, Monsieur, sie können hier nicht …"

"Ich bin die Eigentümerin, Monsieur."

"Moment, Madame. Ich melde sie an. Nennen Sie mir bitte ihren Namen?"

Ein Mann in Zivil stand im Türrahmen. Marga kannte ihn. Sie hatten im letzten Jahr zum Erntedank intensiv über Öko-Landwirtschaft gesprochen. "Inspekteur Lavroche?"

"Tut mir leid Madame. Aber ich muss sie bitten, noch ein wenig zu warten." Er wollte sich umdrehen, doch Marga hielt ihn fest.

"Momentchen. Was geht da drinnen vor? Es ist mein Haus, meine Wohnung. Also?"

"Wir befragen nur Monsieur Jaques, mehr nicht."

"Na also!" Marga schob den Inspektor beiseite und ging ins Zimmer. Im Sessel lümmelt ein junger Kerl in einem zerknitterten Mantel. Auf dem Kopf saß eine alberne Pudelmütze. Als er sich zu den Eintretenden umwandte, sah Marga ein Gesicht mit kalten blauen Augen, spitzer Nase und schrägen Zähnen. Der Kerl war unrasiert. Er drehte sich sofort wieder zu Jaques, als interessiere ihn nicht im Geringsten, wer da hereinkäme. "Sag's doch einfach! Gib's zu! Du hast die Bude angesteckt!", fuhr er Jaques an, der mit steinerner Miene auf dem Sofa saß. Unbeweglich.

"Befragen nennen Sie das?" Joseph drängte sich vor. "Ab jetzt sagen Sie keinen Ton mehr, Jaques."

Der Kerl sprang auf, holte tief Luft, doch der Inspektor trat zwischen ihn und Joseph. "Es ist gut, Marcel. Packen Sie ihre Sachen. Wir gehen."

"Aber glauben Sie nicht, dass wir uns nicht wiedersehen", drohte der Kerl. Mit nicht verhaltener Wut drehte er sich um und ging aus dem Haus. Es war nicht zu überhören. Langsam folgte ihm der Inspektor. "Die jungen Leute", murmelte er entschuldigend. "Wollen immer alles gleich geklärt haben. Au revoir, Madame, Monsieur."

"Erklären Sie ihrem ‚jungen' Kollegen, dass es kein guter Stil ist, zu drohen." Marga hatte dem Inspektor den Rücken zugedreht und wartete, dass er das Zimmer verließ.

Für lange Zeit herrschte Stille im Zimmer. Jaques saß wie versteinert auf seinem Platz und stierte ins Nichts.

"Sie kriegen ihn wieder hin, haben die Ärzte gesagt", begann Marga unbeholfen. Jaques reagierte nicht darauf. Leise sagte er: "Irgendwer hat die Ställe angesteckt." Er schlug mit der Faust auf den Tisch, dass es krachte. "Gewartet, bis alle Tiere drin waren!"

"Das kriegen wir schon hin." Marga hatte sich neben Jaques gesetzt und seine Hand genommen. Gedankenlos streichelte sie seinen Handrücken.

"Ich mach' uns einen Kaffee." Joseph sah sich um, entdeckte den Eingang zur Küche und verschwand. Sie hörten, wie Türen klappten, Wasser lief und die Espressomaschine zu zischen begann. Irgendwie wirkten diese ganz normalen Geräusche beruhigen.

Jaques sah auf. "Ich schwöre, ich war's nicht!"

"Natürlich. Blanker Unsinn. Wer so etwas behauptet, spinnt oder lügt."

"Ich muss allein sein." Jaques stand auf. Fast widerwillig ließ Marga seine Hand los. Doch dann sagte sie: "Ja, geh nur. Wir reden morgen weiter."

Als die Tür hinter Jaques zufiel, kamen ihr die Tränen. Jetzt brach alles über Marga zusammen, was sie bisher versucht hatte zu verdrängen; Der Stall wog nicht schwer, er war alt und sollte schon längst ersetzt werden. Doch Joss Verbrennungen, die vielen toten Tiere und die Unklarheit, war es nur ein Unfall oder Brandstiftung?

Joseph hatte sich still neben sie gesetzt. Es duftete nach Kaffee. Mit einem Taschentuch tupfte er Margas Tränen ab. Sie musste unter Tränen lächeln. Es war so hilflos und so schrecklich lieb. Und Joseph konnte ihr tatsächlich nicht helfen. Da musste sie alleine durch! Es klopfte.

"Ja?"

Im Türrahmen stand der Brandermittler. "Madame, darf ich?"

"Bitte."

Der Mann setzte sich in den angebotenen Sessel. "Also – vorläufig – sind wir zur Erkenntnis gekommen, dass es sich nur um Brandstiftung handeln kann. Es gibt drei

Stellen, an denen wir Brandbeschleuniger gefunden haben." Marga schwieg, denn sie sah, dass der Ermittler Fragen hatte. "Lagern Sie flüssige Brennstoffe in Ihren Ställen?"

"Nicht dass ich wüsste. Generell ist es verboten."

"Eben. Aber wir haben Rückstände gefunden. Könnte einer Ihrer Mitarbeiter -?"

"Nein, ich lege für jeden von ihnen die Hand ins Feuer."

"Gut. Ich werde es entsprechend weitergeben. Wenn Sie gestatten?" Er hatte sich bereits erhoben. "Guten Tag."

Als er das Zimmer verlassen hatte, lehnte Marga sich zurück. "Ich bin müde", seufzte sie. Sie stand auf und ging in das danebenliegende Schlafzimmer. "Kommst Du?"

"Halt mich fest. Ganz fest." Marga flüsterte es nur und Joseph zog sie an sich. Wieder flossen Tränen, doch diesmal auf Josephs Brust. Als sie es merkte, wischte sie mit der Hand darüber. "Nass." Doch Joseph hielt ihre Hand fest. "Schlaf", flüsterte er.

Der Morgen weckte Marga mit dem Krähen des Hahnes. Sie rollte auf den Rücken, die Augen noch fest geschlossen. Neben sich spürte sie Josephs warmen Körper. Er lag ebenfalls auf dem Rücken, atmete ruhig und gleichmäßig. Wieder krähte der Hahn und aus der Ferne antwortete ein Nebenbuhler. Sie hörte durch den Spalt des angelehnten Fensters die typischen Geräusche eines Bauernhofes. Die Kühe brummten und muhten, Schweine grunzten und die Hühner gackerten leise. Irgendwo bellte ein Hund. Ein Dieselmotor sprang an. Die Arbeit in den Ställen hatte begonnen: ausmisten, füttern. Sie fühlte nach Josephs Hand und drückte sie leise. Und atmete tief durch. Sie war nicht alleine, solange sie Joseph neben sich hatte. Und als wenn er ihre Gedanken gelesen hätte, sagte er leise: "Ich bin bei Dir." Er drehte sich zu ihr, stützte den Kopf auf. "Ich bin Dein Freund, nicht vergessen!" Und grinste schief.

Marga streichelte seine Wange. "Du bist mehr als nur ein Freund, mein Freund." Sie lächelte dankbar und kuschelte sich fest an Josephs Brust. Sie hörte seinen Herzschlag, spürte seine

Wärme und seinen festen Körper. *Nein, jetzt nicht,* dachte sie. *Dann, wenn alles klar ist. Einigermaßen.*

PFERDE

Fasziniert blickte Marga auf den Hintern des vor ihr laufenden Pferdes. Madame Butterfly hatte eine Art zu gehen, wie ein ausgebildetes Dressurpferd. Dabei stammte sie von einer schlichten Arbeitstierrasse ab. Sie sprang regelrecht von Schritt zu Schritt. Doch es war kein albernes hüpfen, sondern ein elegantes verlagern des Schwerpunktes. Nach der schweren Geburt ihres ersten Fohlens hatte sie sich hervorragend erholt. Und zu Margas Erstaunen nahm sie sofort Joseph an und erlaubte ihm auf ihr zu reiten. Neben Madame sprang übermütig das Fohlen und knabberte an Josephs Stiefeln. Dauphin Ludwig hatten sie es genannt. Auf der Pferdefarm kümmerte man sich nicht um die Traditionen der Namensvergabe. Sicher wurden in den

Papieren traditionelle Namen verzeichnet, doch innerhalb des Gestütes gab man den Tieren Namen, die zu ihnen passten. Und Ludwig war wahrhaftig ein Kronprinz.

Der Schnee flog von den Hufen der Pferde im hohen Bogen durch die Luft, die morgendlich klar und kalt war. Am Himmel zogen Stratonimbus von West nach Ost, unterbrochen nur von den Kondensstreifen der Flugzeuge nach England oder Amerika.

Joseph hatte sie hierher entführt, nachdem sich die Aufregung um den Brand auf ihrem Hof gelegt hatten und die Versicherung die Entschädigung zu zahlen versprochen hatte. Sie hatten Joss mehrfach besucht. Es heilt, wie er unter Schmerzen lächelnd flüsterte. Jaques war von jeden Verdacht freigesprochen worden. Nun begann die Suche nach dem wirklich Schuldigen, denn es stand fest, dass es Brandstiftung gewesen war.

"Komm zur Ruhe, Marga. Du hast gute Leute hier, die sich weiter darum kümmern können", hatte er gesagt und sie zum Mietwagen gezogen. "Aber ich habe doch nichts gepackt", versuchte sie einzuwenden, doch Joseph zog sie weiter. "Alles fertig und verstaut. Los, hauen wir ab!"

Bevor sie Saint Albert erreichten, zogen sich dunkelgraue Wolken zusammen. Dann begann es zu schneien und gleichzeitig wurde es kälter. Sie erreichten die Farm bevor die Straßen glatt wurden, schmierig waren sie so schon genug.

"Puh!" Joseph wuchtete die Taschen aus dem Kofferraum. Der Markplatz war menschenleer. Ein paar einsame Autos standen herum. Von der nahen Kirche klang Glockenschlag. "Was denn? Schon Abendandacht?"

Sie benutzten den Aufzug in den vierten Stock. Von ihrem Zimmer sahen sie über den Markt und auf die Dächer des Städtchens. "Romantisch. Wie aus einem Kitschfilm." Joseph umfasste von hinten Margas Hüfte, sie lehnte den Kopf an seine Schulter.

"Ja, romantisch." Der Schneefall wurde heftiger, kaum, dass man die gegenüberliegende Seite noch sehen konnte. "Lass uns Essen gehen."

Bekannte von Pierre winkten Marga freundlich zu. Offensichtlich war er sehr beliebt gewesen. Marga gab es einen Stich ins Herz. Er war ein wirklich guter Mann gewesen, sicher mit Fehlern, aber wer hat denn keine? Henri kam ins Restaurant. Erstaunt sah er zu ihnen herüber und verharrte, als würde er überlegen, ob er sie stören dürfe. Doch dann fasste er sich ein Herz. Joseph hatte ihn zugewinkt.

"Wie geht's?"

"So Lala. Ich lebe zurzeit von meinen Ersparnissen. Aber es wird schon. Meine Mandantschaft nimmt zu."

Oben, wieder in ihrem Zimmer, lachten sie. Die Schnurren aus seinem neuen Leben waren gar zu witzig. "Seltsame Leute hier, in der Provinz." Joseph stand dicht vor Marga. So dicht, dass sie zu ihm aufsehen musste. Er drückte sie an sich, hob sie von den Füßen, bis sie sich, Gesicht an Gesicht, küssen konnten. Seine Zunge schob sich zwischen Margas Lippen, die sie willig öffnete. Er machte zwei Schritte, dann fielen sie auf das Bett. Es knarrte empört, doch sie nahmen es nicht mehr wahr.

Zu sehr waren sie damit beschäftigt, sich gegenseitig die Kleidung vom Körper zu ziehen.

Atemlos fiel Marga auf den Rücken. Es war gut geheizt, dennoch flüsterte sie: "Deck mich zu, Liebster." Und Joseph tat es.

Sie schlitterten eher über den Weg zur Pferdefarm, als dass sie liefen. Die Pferde dampften und nickten mit den Köpfen. Nur der kleine Dauphin Ludwig sprang übermütig nebenher, rutschte aus, sprang wieder hoch und wieherte vor Glück und Freude.

"Wir sollten uns beeilen. Es sieht wieder nach Schnee aus." Joseph drückte Madame Butterfly die Hacken in die Seite. D'Artagnan folgte willig. Es schien, als wüssten die Tiere, dass es nach Hause ging. Ludwig aber machte einen Satz zur Seite. Im selben Moment wollte sie ein Auto überholen. Zu spät konnte der Fahrer bremsen, es schlitterte schräg über die glatte Straße und traf Ludwig mit einem dumpfen Geräusch in die Seite. Das Auto riss das Fohlen von den Beinen, es überschlug sich auf der Motorhaube und flog anschließend in den

Straßengraben. Der Schrei des Fohlens klang schrecklich menschlich. Marga saß starr auf D'Artagnan, Joseph hielt Butterfly und gleichzeitig Margas Pferd an. "Verdammt", entfuhr es ihm, "Verdammt."

"Das ist einfach zuviel." Margas Herz schmerzte. Was hatte sie falsch gemacht, dass das Schicksal sie so hart schlug. Erst der Brand auf ihrem Hof und Joss' Verbrennungen, der abgebrannte Stall und nun Ludwig. Ihr Blick ging ins Leere. Irgendwohin, durch die Wand. Sie spürte nicht einmal Josephs Hand auf ihrer Schulter. Sie hörte ihn Flüstern, doch seine Worte drangen nicht bis zu ihr durch. "Einfach zuviel", wiederholte sie leise.

Es klopfte. Monsieur Trubot trat leise ein. Im Sitzen nahm er seine Schiebermütze ab und seufzte. Es sah Marga an. "Wir mussten ihn – multiple Traumata. Die Vorderhände, Rippen, Rückgrat."

Mit einem Hüsteln bemerkte Joseph: "Madame kann doch wieder …"

"Sie sucht ihn", sagte Trubot sachlich. Und nach einem kleinen Moment des Schweigens:

"Ich geh dann mal." Er verschwand so leise, wie er gekommen war.

"Was soll ich tun?", fragte Marga in den Raum.

"Trauern, was sonst?" Das war typisch Josephs Pragmatismus. Er sah auf den Kalender. "Und im nächsten Jahr gibt es einen Ludwig den Zweiten." Er grinste sein schiefes Grinsen. "Genauso hübsch. Bei *der* Mutter!"

Marga sah ein, dass es nichts nutzte, sich dem Schicksal zu unterwerfen. Es gab so viel zu tun, zu organisieren! Sie musste ihre Leute wieder motivieren. Solch ein Unglück zog jeden 'runter, dem Tiere am Herzen lagen. Es war angemessen zu trauern aber, sie war die Chefin. So, wie ihr Betrieb im Norden weiterexistieren musste, trotz des Unglücks, musste es auch hier sein. Joseph hatte Recht. Sie richtete sich aus ihrer zusammengesunkenen Haltung auf. "Hilfst Du mir?"

Der Winter war nur von kurzer Dauer. Was auf dem Schnee folgte, war stetiger Nieselregen, kalter Nordwestwind, Pfützen und Schlamm auf den Wegen. Trotzdem ritt Marga regelmäßig aus. Mal nahm sie D'Artagnan, dann Richelieu, oder die Butterfly, die den Verlust ihres Fohlens inzwischen überwunden hatte. Erst der März brachte Sonne und gute Nachrichten aus dem Norden; Joss war wieder gesund. Seine Verbrennungen verheilten immer besser. Und obwohl er freigestellt war, bis zu seiner vollständigen Gesundung, war er auf dem Hof und half wo er konnte. Für seinen Job hatten sie vorläufig einen anderen eingestellt, der sich gut machte. Joss fehlte einfach noch die Kraft, voll zu arbeiten. Verständlich! Die Geschäfte liefen gut, der Stall stand wieder (besser und praktischer als der alte), die Erträge des vergangenem Jahres waren, wie erwartet, hoch. Grund genug, Rücklagen zu bilden. Jaques stöhnte am anderen Ende des Telefons, doch sah er ein, dass er ein – oder zwei – Jahre auf nicht so wichtige Investitionen verzichten musste.

Eines Morgens sagte Joseph, mit vollem Mund und einem schalkhaften Unterton: "Süden?"

Marga brauchte einen Moment, um zu begreifen. In wenigen Sekunden gingen ihr hunderte Wenn und Aber durch den Kopf, dann nickte sie. Ja. Süden! Gute Idee! Joseph stand auf, nahm sie einfach auf die Arme, hob sie von ihrem Stuhl und trug sie zum Bett. Marga wehrte sich schwach. "Ich habe noch nicht aufgekaut."

"Ich klau Dir die Krümel …"

"Ferkel."

Trubot drehte seine Mütze in den Händen. "Und die Farm?"

Joseph war ganz Großzügigkeit. Er klopfte dem Stallmeister auf die Schulter. "Das schaffen Sie doch, Trubot." Er grinste Trubot breit an, "Sie sind der Chef." In dessen Augen blitze etwas Anderes als Freude. Doch Marga umarmte den älteren Mann, gab ihm einen Kuss auf die Wange.

"Na gut. Geht spielen, Kinder."

Marga und Joseph sahen sich erstaunt an. Ein Witz? Ausgerechnet von Trubot? Dann lachten sie aus ganzem Herzen. Trubot zuckte mit den Schultern. "War ja auch mal jung", murmelte er, wobei er sich umdrehte und zum Stall stapfte.

SÜDEN

Es goss wie aus Strömen. Marga saß in ihrem Zimmer – ja, sie hatte sich das Gästezimmer, zu IHREM Zimmer auserkoren – und sah durch die geöffneten Fenster auf den Regen. Mehr war nicht zu sehen als nur dieses graue Nass. Doch das sah sie nicht. Es war nur der Hintergrund zu einem Gedanken, der ihr durch den Kopf kreiste: Joseph hatte sie gebeten, ihn zu heiraten.

Natürlich machte er keinen Druck. Das war nicht seine Art. Gestern Abend, nachdem sie angekommen waren und bei einem Glas Rotwein saßen, fragte er unvermittelt: "Willst Du mich heiraten?" Und Marga, die auf alles, nur nicht auf eine solche Frage gefasst war, verschluckte sich an ihrem Wein. "Du musst nicht antworten", sagte Joseph, "Lass Dir Zeit." Und lehnte sich in seinem Sessel zurück, sah zufrieden aus dem Fenster. Und Marga schwieg und sah sein freches Lächeln, dass sie so an ihm liebte. Doch die Stille vor dem Regen, war anders als noch vor ein paar Sekunden.

Dabei war doch klar, dass irgendwann eine solche Frage auftauchen würde. Sie hätte Jaques (ach Jaques!) oder Pierre (etwas stach in ihrem Herzen) ja auch gefragt: Willst Du mich heiraten? *Sie* hätte gefragt! Sie war schließlich Marga! Seltsam! Jetzt, da Joseph die Frage aller Fragen gestellt hatte, zögerte sie.

Gab es einen Grund zum Zögern? Ja! Einen sehr, sehr weiblichen! Sie zögerte nicht aus dem Verstand, sondern aus dem Bauch heraus. Und sie zögerte nicht, weil sie sich ihres Gefühls Joseph gegenüber unsicher war. Nein, sie liebte ihn! Sie zögerte, aus dem Unbewussten heraus, dass sie gefragt wurde und nicht sie gefragt hatte. Der Unterschied ließ sie zögern, obwohl es, das wusste sie – der weiße Drache nickte zufrieden – Blödsinn war. Aber das schwarze in ihrem Kopf war schneller gewesen. *Ich*, hatte er gesagt, *ich frage! Ich bin Marga!*

Sie sah zu Seite. Da saß er, der Mann ihrer Träume, und lächelte still, als würde er ihre Gedanken mitlesen.

Marga erhob sich. "Ich bin müde." Sie bückte sich zu Joseph herunter und gab ihm einen leichten Kuss auf die Lippen. Dann räumte sie die Gläser von Tisch, trug sie in die Küche und ging nach oben, in ihr Zimmer.

Sie zog sich aus, ging unter die Dusche. Das Wasser rauschte über ihren Körper, und Marga stand nur da, mit geschlossenen Augen, und ließ es laufen. Es war angenehm. Und da waren auch keine Gedanken mehr, nur das Rauschen der Dusche. Irgendwann drehte sie die Brause ab, schnappte sich ein Tuch und wickelte sich darin ein. *Heiraten*, dachte sie, *heiraten, heiraten, heiraten...*

Sie öffnete die Fenster, setzte sich in den Sessel und lauschte dem Regen. Und eigentlich hätte sie müde sein müssen, von der Fahrt. Erst war Joseph am Lenkrad gesessen, dann hatten sie sich abgewechselt. Joseph gestand unter Grinsen, dass er lieber Motorrad fahre und es daher genösse, neben ihr zu sitzen und die Landschaft zu bewundern. Ob ihm dabei die Idee mit der Heirat gekommen war?

Trotz des Regenrauschens hörte sie Joseph in der Küche hantieren. Richtig, sie hatten noch nicht einmal etwas gegessen! Nur die Sachen ausgepackt und sich im Wohnzimmer ein Glas Wein gegönnt. Doch irgendwie hatte sie jetzt keinen Hunger. Sie spürte eine angenehme Müdigkeit. Morgen, dachte Marga, morgen sage ich ihm – ja was? Ja?

Der Regen hatte die ganze Nacht über angehalten. Erst bei Sonnenaufgang verzogen sich die Wolken über das Mittelmeer nach Osten. Und mit einem sanften, warmen Wind wehte frische Luft ins Zimmer. Marga lag auf dem Bauch. Sie war munter geworden, weil es hell geworden war. Dabei war es bestimmt erst sechs oder sieben Uhr. Sie lauschte, doch im Haus rührte sich nichts. Als sie sich auf den Rücken drehte stellte sie fest, dass sie die ganze Nacht auf dem Deckbett, das eigentlich nur ein dünnes Laken war, geschlafen hatte. Es lag als zerknitterte Wurst neben ihr. Ihre Haut fühlte sich kalt an, doch sie fror nicht. Dieser Süden! Ganz anders! Die Luft war leichter, der Himmel blauer, die Wolken weißer – und es war definitiv wärmer!

Es klopfte. "Joseph?"

"Wer sonst? Was willst Du zum Frühstück?", fragte er durch die geschlossene Tür.

"Komm 'rein!"

Die Tür öffnete sich einen Spalt. Josephs Gesicht erschien. "Aphrodite", sagte er und sah sie mit großen Augen an.

"Und, was sieht mein Ares?" Marga legte die Hände hinter dem Kopf und rekelte sich wohlig.

Joseph setzte sich auf die Bettkante. "Er sieht großen Frieden in der Zukunft. Doch, was soll er mit seinem Schwert… "

Marga griff nach Joseph, zog ihn zu sich herunter und küsste seine Stirn. "Ich liebe meinen großen, großen Ares und dessen Schwert." Und Josephs Hände glitten über ihren Rücken, dass sie sich ihm entgegenbeugen musste.

"Was will meine Schöne zum Frühstück?", flüsterte er ihr ins Ohr, aber da hatte Joseph schon kein T-Shirt mehr an und wenig später auch keine Hosen.

Und danach standen sie unter der Dusche. "Aha", meinte Joseph.

Marga sah an ihm herunter. "Was, aha?", und drückte dabei ihren Unterleib an den seinen.

"Jetzt weiß ich, was Du zum Frühstück wolltest. Sollen wir es für die Zukunft dabei belassen oder nimmst Du ein zweites?"

Wieder sah Marga an ihm herunter und seine leichte Erregung. "Männer", brummte sie ihm ins Ohr, "Jetzt habe ich wirklichen Hunger."

"Bei allen Göttern", Joseph hob beschwörend die Hände, "Ich hatte schon befürchtet..."

Das Frühstück verlief wortlos. Der Kaffee duftete, die Croissants und sogar die Butter. Sie tauschten Blicke und Lächeln. Draußen war es still.

"Ist es hier immer so ruhig?"

"Für gewöhnlich."

Schweigen.

"Habe ich Dich verstimmt?"

"Wie?" Joseph sah sie an. "Verstimmt?"

"Na ja, wegen Deiner Frage, gestern Abend."

"Du meinst, wegen Deiner Nichtantwort?"

Schweigen. Beide sahen aus dem Fenster. Die Pappeln wiegten sich im leichten Frühlingswind. Schneeweiße Wolken schoben sich über den tiefblauen Himmel. Ein Flugzeug zog einen doppelten Kondensstreifen hinter sich her und teilte den Himmel in zwei Teile.

Joseph schob die Unterlippe vor. "Nein."

"Was soll ich Dir …"

"Pst!", machte Joseph.

Stimmt, er hatte sie nicht bedrängt. Sie hatte also Zeit.

Schweigen.

"Jemand zu Hause?" Das war Mairis Stimme. "Oh mein Gott", stöhnte Joseph. "Der Hurrikan." Er stand auf, ging zur Terrasse und sah hinunter.

"Das habe ich gehört!", scholl es herauf und ein glockenhelles Lachen erklang. Marga gab es einen Stich ins Herz. Sie hätte sich auch solch eine Schwester gewünscht und freute sich auf Mairi. Und sie hoffte, dass sie vielleicht einen Moment hätte, mit ihr allein zu sein. Sie brauchte, gestand sie sich innerlich grinsend ein, weiblichen Rat.

"Sag nicht, dass Du noch nicht gefrühstückt hast. Wir haben nichts mehr im Hause."

"Lügner." Das kam von der Tür. Mairi stand bereits im Türrahmen. Strahlend frisch, lachend, in leuchtend weißen Hosen, einem winzigen knallroten Top, natürlich knallroten High-heels und wehenden roten Haaren. Eine Elfe, dachte Marga wieder, wahrlich, eine Elfe.

Ungezwungen setzte sich Mairi an den Tisch und schnappte sich einen Croissant, bestrich ihn mit Butter und biss kräftig hinein. "Poah, was habe ich für einen Hunger!", verkündete sie mit vollen Mund fröhlich.

"Du freust Dich? Worüber?" Zurückgelehnt betrachtete Joseph seine Schwester.

"Ich bin wieder solo."

"Glückwunsch. Wer ist denn der Glückliche?"

"Pasquale. Sehr zerknirscht sah er nicht aus. Seine Neue stand bereits hinter dem Tresen."

"Hast Du ihm eine Szene …"

"Was denkst Du von mir, Brüderchen? Seh ich so aus?"

"Und was ist mit, ähm, wie hieß er doch gleich?"

"Henri", half Marga.

"Genau."

"Ja, der. Der hockt da oben in seinem Provinznest. War eh nichts Festes." Sie verdrehte die Augen ein wenig. "Aber nett war er. Und fleißig." Sie seufzte, ihr Blick ging schwärmerisch zur Zimmerdecke und Marga fragte sich, was Mairi unter ‚fleißig' verstand. Sie musste sie unbedingt fragen. Oder wie ‚fleißig' sich anfühlte. Schmunzelnd dachte sie an das erste Frühstück heute. Fleißig? Sind das ein, zwei oder drei Frühstücke?

"Ich schätze, Du hast ihn zu sehr von seiner Arbeit abgelenkt." Marga stellte sich vor, wie Elbe Mairi um Henri herumgeflattert war. Doch Mairi schüttelte den Kopf. Sie musste erst herunterschlucken. Abwehrend winkte sie mit den Händen ab.

"Nein. Es waren Unterschiede zwischen uns beiden. Er, mit seinem Geld und dieser Notargeschichte in der Provinz und ich mit meiner Kunst in Paris! Außerdem wollte ich nicht, dass er bei mir ins Geschäft einsteigt. Nene! Geht eben nicht immer so, wie man glaubt oder hofft." Schnell lenkte sie ab: "Und bei euch? Wie sieht's aus?"

Marga und Joseph sahen sich an. Zuckten synchron mit den Schultern.

"Wir werden heiraten", platzte Marga heraus und hätte sich sofort ohrfeigen können. Und ehe sie auch nur eine Korrektur anbringen konnte, hing ihr schon Mairi um den Hals. Und bekam nasse Küsse auf das ganze Gesicht. "Ich freu' mich so!" hauchte sie Marga ins Ohr. "Und ich beneide Dich."

"Äh, ich wollte sagen …"

"Ach was", schnitt ihr Mairi das Wort ab. "Eine gute Entscheidung." Plötzlich wurde sie ernst. Sie hob einen Finger in die Höhe. Traurigkeit trat in ihr Gesicht. Eine Erinnerung schien sie zu überwältigen. "Nicht segeln", sagte sie leise mit feuchten Augen.

Marga sah zu Joseph. Joseph zu Marga.

"Aphrodite", sagte er, nur mit den Lippen, "Willst Du?"

Und Marga?

"Ja, mein Ares", sagte sie, auch nur mit den Lippen: "Ich will."

* * *

"Feminismus hat einfach nichts damit zu tun, ob man Make-up trägt oder nicht. Es geht dabei um die eigene Selbstwahrnehmung! Darum, dass sich Frauen darüber im Klaren sind, dass sie ein Grundrecht darauf haben, sich selbst zu verwirklichen. Egal, ob sie zu Hause bleiben, Kinder aufziehen oder im Beruf Karriere machen. Sie haben das Recht auf gleichen Zugang, gleiche Möglichkeiten wie ein Mann. Das ist *Feminismus*. Ob du dabei Make-up trägst oder nicht, ist irrelevant."

— JANE FONDA IM GESPRÄCH MIT MARIAM SCHAGHAGHI